玄怪录

中国奇谭

手绘图鉴

凤妩/编著　　畅小米/绘

北方联合出版传媒(集团)股份有限公司

万卷出版有限责任公司

图书在版编目（CIP）数据

玄怪录 / 凤妩编著；畅小米绘. — 沈阳：万卷出版有限责任公司，2024.2

ISBN 978-7-5470-6052-0

Ⅰ.①玄… Ⅱ.①凤…②畅… Ⅲ.①笔记小说—小说集—中国—唐代②《玄怪录》—通俗读物 Ⅳ.①I242.1

中国版本图书馆CIP数据核字（2022）第128256号

出 品 人：王维良
出版发行：北方联合出版传媒（集团）股份有限公司
　　　　　万卷出版有限责任公司
　　　　　（地址：沈阳市和平区十一纬路29号　邮编：110003）
印 刷 者：辽宁新华印务有限公司
经 销 者：全国新华书店
幅面尺寸：145mm×210mm
字　　数：150千字
印　　张：7
出版时间：2024年2月第1版
印刷时间：2024年2月第1次印刷
责任编辑：邢茜文
责任校对：刘　洋
封面设计：琥珀视觉
装帧设计：张　莹
ISBN 978-7-5470-6052-0
定　　价：68.00元
联系电话：024-23284090
传　　真：024-23284448

序 言

唐代小说中影响广泛的名篇众多，比如元稹的《莺莺传》，白行简的《李娃传》，李朝威的《柳毅传》等等这些名作都是以单篇出现，《玄怪录》却是以小说集的形式出现，并且是唐代最为重要的小说集。鲁迅先生在《中国小说史略》中这样评价："造传奇之文，会萃为一集者，在唐代多有，而煊赫莫如牛僧孺之《玄怪录》。"

牛僧孺，字思黯，安定鹑觚（今甘肃灵台）人，是隋朝仆射牛弘后裔。其祖父牛绍、父亲牛幼简皆官职不显。贞元年间，牛僧孺进士及第。元和三年（808年），登贤良方正科，对策第一。长庆年间，牛僧孺官至御史中承、户部侍郎、同中书门下平章事。开成三年（838年），牛僧孺官拜左仆射，后于会昌二年（842年），贬为循州员外长史。唐宣宗即位后，移衡州、汝州长史，迁太子少保，又转太子少师。大中二年（848年），六十九岁卒。

牛僧孺是中唐重要的历史人物，他与李德裕在政治上见解不同，各自结成党派势如水火，世称"牛李党争"，牛李党争连绵四十余年，使朝政混乱不堪，唐文宗曾感叹："去河北贼易，去朝中朋党难。"即便如此，牛僧孺因其个人品行尚可，仍受到了人们的褒扬，《旧唐书·牛僧孺传》中称赞他"贞方有素,人望式瞻"。

牛僧孺自幼好学博文、少有文名,《全唐诗》有其诗作四首,《全唐文》有其文一卷,但其诗其文的影响和重要性远不如其爱好之作——《玄怪录》。根据《玄怪录》的内容来看,《玄怪录》应大部分创作于牛僧孺青年时期,少部分创作于晚年时期。唐代小说风气浓厚,牛僧孺位高才重,《玄怪录》在当时就广受欢迎,出现了不少模拟之作,最为出名的便是《续玄怪录》。

《续玄怪录》的作者李复言,生平不详。关于李复言其人,大致有两种说法,一是认为其为中唐时李谅,字复言,为贞元十年(794年)进士,与白居易、元稹都有来往;一是认为其是开成五年(840年)的应举进士,钱易《应举新书》记载:"李景让典贡年,有李复言者,纳省卷,有《纂异》一部十卷。榜出曰:'事非经济,动涉虚妄,其所纳仰贡院驱使官却还。'复言因此罢举。"

从这段记载来看,这位李复言很有可能就是《续玄怪录》的作者。但仔细考究,会发现此李复言的时间线与《续玄怪录》的文本有不合之处,故该书作者至今未有定论。

从《玄怪录》和《续玄怪录》的内容来看,它们都富有浓重的宗教气息。唐代李姓,尊老子李耳,开国初以道教为国教,因此道教对唐代社会的影响不言而喻;佛教以其教义传播,同样拥有大量信众,俨然有盖过道教之势。佛道两教对社会生活的浸入,使唐代的诗歌、文章、小说都有大量的宗教气息,道教的升仙遨游、长生不老,佛教的阴间地狱、六道轮回都给予了唐代作家们无限的遐想。

《玄怪录》和《续玄怪录》中有大量道教的意象，包括人仙相恋、凡人入仙境、服食丹药长生等内容。《张老》一篇中，张老以贫困老者的形象出现，他娶了凡人家妙龄女子，后来离开凡间，回到仙界后他的容颜就变得"仪状伟然，容色芳嫩"，后来女子的兄长韦义方也在张老的引导下寻至仙境，领略仙家气象；《杜巫》一篇中，杜巫服食丹药之后不需要再如常人饮食，却轻健无疾；《开元明皇幸广陵》一篇中，叶仙师施展法术，让身在长安的唐玄宗和杨贵妃能搭乘虹桥前往广陵，一睹广陵上元夜景，验证仙家手段。

《玄怪录》和《续玄怪录》中佛教气息同样浓厚，因果报应、地狱残酷、阴间不公等内容在书中反复出现。《驴言》一篇讲述了一头驴与张高、王胡子之间的前世债务关系，这些债务关系在今生都需要得到精准无误的偿还，这既反映了因果报应，又反映了佛教所宣扬的六道轮回；《王国良》一篇讲述了一个名叫王国良的官吏，因常恶言侮辱他人犯下口业，被捉拿去阴间遭受杖刑。王国良从阴间返回后，背部的伤痕犹在，从此改正行为不敢随意发怒；《卢硕表姨》一篇讲述了一只花狗，死后成为美貌女子嫁给了阴间判官，她为了报答主人生前的恩情，请求判官让主人返回并为主人延寿。这个故事既反映了"行善行、得善果"的观念，也反映了阴间的不公现象，作者通过阴间的徇私舞弊影射了人间的种种不公。

从写作特点来看，《玄怪录》和《续玄怪录》都追求故事的真实性，书中故事的主人公多是隋唐时真实历史人物，其地名、官职、年号真实准确，与此同时书中还会出现一个第三人以见证者的角色让整个故事更为可信。《萧志忠》一篇讲述了玄冥使者向动物们宣告死亡即将来临，动物们请求严四先生出谋划策讨一条活路的故事，在这个故事中，作为见证人的是一位樵夫。樵夫因为突发恶疾在山洞中休息，机缘巧合之下得见了故事全貌。《梁革》一篇讲述了一位叫梁革的大夫医术高超，让一位歌姬死而复活的故事，书中记载的这个故事是由作者李复言的朋友转述，这位朋友的亲人与梁革相熟，因此对梁革的事迹知之甚详。

从影响上看，《玄怪录》和《续玄怪录》的单篇传播度或许没有《莺莺传》《柳毅传》广泛，但其内容仍具有相当的民间影响力。比如《定婚店》一篇讲述的月下老人的故事。年轻人韦固希望尽早成亲，却始终孤身一人，偶然之间得见一老人在月下翻阅书籍，书籍上的文字无一认识，韦固向老人请教，得知老人是主管天下婚姻的冥神，他有一条红绳，只需将红绳系在男女双方的脚上，"虽仇敌之家，贵贱悬隔，天涯从宦，吴楚异乡，此绳一系，终不可逭"。后来韦固的经历，与老人所说别无二致。这个故事就是"千里姻缘一线牵"的由来，从此"月下老人""月老"之名在民间广泛流传，得到了后世社会的普遍认同，月老也成为媒人的别称。

《玄怪录》《续玄怪录》几经流传，现存版本早已不复全貌。《新唐书·艺文志》记载《玄怪录》有十卷，宋代时避讳，《玄怪录》改为《幽怪录》。南宋时期《玄怪录》已亡佚，陈振孙《直斋书录解题》中记载："《唐志》十卷，又言李复言《续录》五卷，《馆阁书目》同，今但有十一卷，而无续录。"这个十一卷版本在明刻本出现。现存最早的《玄怪录》是明刻本，为陈应翔刻本和高承埏稽古堂刻本，两刻本都有四十四篇故事，但分卷有所差别。现存最早的《续玄怪录》刻本，为南宋尹家书籍铺刻本。

　　本书选取现存《玄怪录》《续玄怪录》其中篇章，以白话文形式呈现，供更广泛的读者阅读，希望与广大读者一同领略志怪之奇、玄怪之异。作者学力有限，如有错漏之处，敬请指正。

凤妩

目 录

玄怪录

一

神仙奇人类

张　老

神仙娶妻

扬州六合县有一种菜老翁，大家都称呼他为张老。张老有个邻居，名叫韦恕，梁武帝天监年间在扬州做官，任职期满后便闲居于此。韦家长女已经及笄，韦家请了乡里的媒婆到家中，想为女儿寻个好夫婿。张老听说此事后，十分欣喜，便到韦家门口等候媒婆。

媒婆刚从韦家出来，张老立即跟上，硬请媒婆到自己家中吃饭。饭食将毕，张老向媒婆打听："听说韦家有女待嫁，请求您替她寻找良人，有这件事吗？"

媒婆说："确有此事。"

张老又道："我虽年迈体衰，但以种菜为生，衣食不缺，希望您能替我到韦家求亲，事成之后必有重谢。"

听闻此言，媒婆大怒，痛骂张老一顿后离去。又过些时日，张老再次邀请媒婆到家中，媒婆无奈道："张老，你为什么毫无自知之明！哪有官家门第的姑娘嫁给种菜老头儿的？韦家虽然家贫，但是愿意与韦家女结亲的士大夫之家并不少。"

张老回道："您就勉强替我求上一求，若是韦家不答应，也是我命当如此。"

媒婆无奈之下，冒着被责难的风险去了韦家。果然，韦恕听到媒婆的话后勃然大怒，骂道："就因为我家中贫困，就要这样

侮辱我吗？我韦家绝不可能做出这样的事，那种菜老头儿身份低微，竟然做这样的痴心妄想。张老愚昧，我不与他计较，但媒婆你怎么不知辨别！"

媒婆解释道："这确实是我的过错，但我也是被那张老强迫，不得不转达他的意思。"

韦恕气道："你替我告诉他，一天之内他如果能拿五百缗钱来，我就答应他的求亲。"

离开韦府后，媒婆将韦恕的话告知了张老。没想到这张老竟一口答应，没过一会儿，他便用车装了五百缗钱去了韦家。韦家人大惊，韦恕道："我之前不过是一时戏言，张老以种菜为生，怎么会有这么多钱财？我猜想他一定贫困，所以才提出这样的要求。现在五百缗钱已运到门外，该怎么办呢？"

韦恕又让人偷偷去告知女儿此事，没想到韦氏女非常平静，并不恼恨。韦恕叹息道："莫非这就是命吗？"便答应了这门亲事。

张老娶了韦氏之后，依旧以种菜为业，整日挑粪锄地，贩卖菜品。韦氏女也亲自做饭洗衣，承担家务。家中亲戚对张老夫妇都厌恶不已，但也无法阻止他们的行为，韦氏女自己也并不为自家的情况感到羞惭。

过了几年，韦家有见识的亲戚责骂韦恕："家中虽然贫困，但多的是同样家贫的读书子弟可以结亲，怎么就到了把女儿嫁给卖菜老翁这地步呢？如今你既已不要这个女儿了，为什么不让他们远去呢？"

这日，韦恕备了酒席，请张老和女儿过去。酒至微醺，韦恕透露出让张老夫妇远去之意。张老起身说道："我们早有此意，之所以没有离开是怕您不舍。如今您已厌恶我们，我们离去并不困难。我在王屋山下有座小庄子，明天我们便去那里。"

第二天天色刚亮，张老便来韦恕家道别，他对韦恕说道："以后如果思念我们，可让大兄去天坛山南边找我们。"说完，便让妻子戴上笠帽，骑上矮驴，张老自己拄着拐杖跟在驴后，慢悠悠地走了。从此之后，张老夫妇再没有消息传来。

过了数年，韦恕思念女儿，他猜想，女儿如今定是蓬头垢面，容貌不复，日子过得苦不堪言。心伤之下，便唤了长子韦义方前来，让长子按照张老当年所说位置，去找寻女儿。

韦义方遵循父命，一路行至天坛山南，正茫然不知何去时，见一昆仑奴正在田中劳作。韦义方上前询问道："不知道此处可是张老庄？"

昆仑奴见了韦义方，竟放下农具拜下身来："大兄为何这么久都不曾来过？庄子离此处不远，我这就带着您过去。"

二人先是上了一座山，又过了一条河，而后又路过了十几个地方，身边的风景也渐渐变得与世间不同。又下了一个山头，一座朱色宅邸映入眼帘，只见那亭台楼阁参差错落，花木繁荣茂盛，更有烟云缭绕，仙鹤孔雀徜徉其中，悠扬的乐声传来，令人心旷神怡。

见到如此景象，韦义方惊骇不已。到了大门外，一个紫衣人迎了过来，引着韦义方来到厅中。只见着厅中摆设，都是世间未见过之物，就连空气中都有一股芬芳之意，忽闻环佩叮咚，原来是两个青衣女子走了过来，青衣女声音清脆，开口道："主人来了。"

话音刚落，又有十余个身着青衣的女子，排成两列缓步行来，似是在为谁引道。她们的容貌都可称为绝色，平时能见一位已是难得，在此处竟只是普通侍女。她们身后不远处，正是此间主人，他头戴远游冠，身着红绡衣，脚踏朱履，徐徐而来。

正恍惚时，一青衣侍女欠身，请韦义方前去拜见。这主人仪貌魁伟、皮肤白嫩，细细看来，竟然是那种菜张老！韦义方怔在原地，张老也不多解释，开口说道："人世劳苦，如坠烈火，多年未见，不知道大兄都如何消遣？"

张老虽问了话，却不需要韦义方回答，接着说道："您妹妹正在梳妆打扮，大兄稍后便能见到。"

过了一会儿，一个青衣侍女前来禀报："娘子已梳完头了。"说完便领着韦义方去堂前相见。堂前自又是一番富贵气象，沉香为梁，碧玉为阶，韦氏女身上的服饰，其盛大堂皇，世间未有。韦义方之前准备的话语，全然派不上用场，兄妹二人情谊已是淡薄，只得一番寒暄。晚上韦义方躺在床上，仍不敢信今日所见所闻。

第二日，张老与韦义方闲聊时，一青衣侍女前来，在张老耳边低语。张老笑道："家里有客人，哪儿能晚上才回来。"见韦义方不解其意，张老解释道："我妹妹要去蓬莱山游玩，令妹也同去，天黑之前她们自会回来，大兄只管休息。"

忽然，有丝竹之声传来，又见五色云彩从庭院中升起，原来是两只凤凰腾空飞翔。张老妹妹与韦氏各骑了一只凤凰，身后跟随了十几个骑鹤的随从。她们越飞越高，往东而去，慢慢地，她们的身影消失在天际，而丝竹之声犹在耳畔。韦义方留在家中休息，家中的侍女殷勤周到，非常恭谨。暮色将至，韦义方隐隐听到乐声，还未反应过来，妹妹已经到了庭院中。

张老夫妇携手过来，对韦义方说道："大兄你一人在此太过寂寞，这里是神仙府邸，兄长你能来到这里，也是命中注定。不过大兄也不能在此久留，明日便该离去了。"

韦义方离开时，韦氏女前来送别，只是托大兄与父母带个口信。张老对韦义方说道："此处远离尘世，通信不便。"说完，拿了二十镒金子赠予韦义方，还另给了一项旧苇帽，嘱咐道："大兄日后如果缺少钱财，可去扬州北邸卖药的王家，凭借这顶帽子换一千万钱。"又命昆仑奴送韦义方回去，直至过了天坛山，昆仑奴才与韦义方分别。

韦义方带着金子回家，家中人都十分诧异。详细询问了经过之后，有的人认为是遇见了神仙事，有人认为是遇见了妖异之事。五六年后，韦义方带回的金子已悉数用尽，韦家人想到张老赠予的帽子，他们对于帽子换钱的事情并不相信，千万钱财只以帽子为凭证，实在匪夷所思。后来家中越发贫困，无奈之下，韦义方拿着帽子前往扬州，到了北邸寻到了卖药的王老。

韦义对王老说道："张老让我来此处取一千万钱，以这顶苇帽为证。"

王老说道："钱确实是有，只是不知道这帽子是真是假。"

韦义方急道："那就请您拿帽子去验证一下。"王老沉默不语，这时一个小娘子掀开青布帘走了出来，说道："张老曾经路过这里，拜托我为他缝制帽顶，当时正好没了黑线，我便用红线给他缝了。从线的颜色和手法，我能辨别出来是不是张老的帽子。"说完便拿了帽子去细细观看，验证之下果是张老之帽。

于是，王老取了一千万钱给了韦义方。韦义方拉着一车钱回家，家中人这才相信张老真是神仙。

后来，韦家又思念女儿，便再遣韦义方去天坛山找寻女儿。韦义方到了天坛山，四处找寻，千山万水，不再有路可走。他询问住在附近的樵夫，但无人知晓张老庄在哪里，韦义方只能怀着满腹忧思，怅惘归家。

家中人听说后，感慨不已，只说是终究仙凡有别，恐怕这辈子再无相见之日。韦家人仍不死心，又去寻找当初的卖药王老，可惜王老也杳无踪迹。又过了数年，韦义方偶然间路过扬州北邸，当初为他带路的昆仑奴竟前来拜见。

昆仑奴道："大兄近来如何？我家女主人虽然不在家中，但也如同在家一般，家中事无巨细没有她不知道的。"说完，拿出十斤金子递给韦义方，只说是女主人赠送，又说我家主人正与王老在此处饮酒，让韦义方在此处稍坐。

韦义方在酒旗下等到天黑，也不见有人出来，便进店内查看。只见里面高朋满座，却无二老，也无昆仑奴。再查看昆仑奴赠送的金子，确是真金，证明方才之事并非妄想，只能惊叹着归家。韦家用这次得到的金子，又过了好些年富足日子。

此后，就再也没见过张老了。

裴　湛

修仙者的炫耀

　　裴湛、王敬伯、梁芳，三人都热衷于修仙问道，因此结为好友。隋朝大业年间，三人相约前往白鹿山修行寻道。初入山时，三人颇有壮志，以为只要努力修行、日积月累，自然能学会炼丹化银的法术，制出不死之药羽化飞升。

　　三人辛苦修行十数年，采气炼丹从不懈怠，手脚上都磨出了厚茧，却没有任何成果，梁芳也离开人世。这一切让王敬伯心灰意冷，王敬伯对裴湛说道："我之所以离开俗世、忘记家庭，不听那丝竹之声，不食那肥厚荤味，不看那奇异美色，抛却豪华的府邸，去住简陋的斋房，鄙弃红尘的欢愉，而甘于寂寞，是为了什么？不就是为了有朝一日能够乘云驾鹤，游戏于蓬莱仙山吗？纵然不能如此，那也要修得长生，与天地同寿。可如今看来，仙海无涯，长生无望，我日日于山中清修，却难免一死。"

　　王敬伯接着说道："如今我的志向改变了，我要下山去，要骑肥壮的黄马，要穿暖和的裘衣，要欣赏音乐，要坐拥美人，我要游遍长安与洛阳，玩够了之后再去建功立业，光耀门楣。纵然再不能休憩于仙山，饮酒于瑶池，不能以龙为御，以霞为衣，以鸾凤为歌舞，以仙人为伴侣，又如何呢？我能身居高位，能在凌烟阁上留下画像，也就够了！我是如此打算的，裴兄你呢？可不要白白地老死于深山啊！"

裴湛不为所动，对王敬伯说道："我已经是梦醒之人，不会再迷恋尘世了。"裴湛几番挽留，但王敬伯去意已决，一人下山去了。当时已是贞观初年，王敬伯凭借家世和从前的官职，被任命为左武卫骑曹参军，大将军赵胐将女儿嫁给了他。

王敬伯官路顺遂，数年后升迁为大理寺廷评，身着大红官服，奉命出使淮南。王敬伯皇命在身，威风凛凛，其他的船只看到了他的船都会避让，不敢行驶。

这日船经高邮，细雨蒙蒙，忽有一渔船从王敬伯船前驶过，渔船中坐着一位老人，穿着蓑衣戴着斗笠，这渔父划桨迅捷，渔船离去快如疾风。王敬伯暗道："我是天子特使，威震远近，这渔父竟敢抢我的船头？"疑惑之下向渔父细细瞧去，没想到这渔父竟是裴湛！

王敬伯急忙下令追了上去，请裴湛将渔船泊在岸边，进了船舱坐下。

多年未见，王敬伯心绪翻涌，握着裴湛的手说道："兄弟你久居深山，抛却功名利禄，竟到了如此地步。风不可系，影不可捉，古人尚且厌倦黑夜漫长，知道秉烛夜游，兄弟你却虚度白昼光阴。我出山多年，如今已是廷尉评事，前些日子因为审案公允，得天子赐服。如今淮南有疑难重案，天子命能明察秋毫的官员再审一遍，我侥幸被陛下选中，才有了这次出行。我虽不敢说是官运亨通，却也比山中老叟强上不少。兄弟你竟然同往日一样甘于劳苦，也是奇怪。你如果有什么需要的，尽管告诉我，我必定满足你。"

王敬伯这番话难免吹嘘，裴湛却不以为意："我乡野之人，闲云野鹤，你不必拿你那腐鼠一样的官位来吓唬我。我沉你浮，就如同鱼鸟各有其舒适的生活，何必炫耀？人世间的东西，我也可以送给你，但你有什么出尘的东西可以送给我呢？我在山中也有些朋友，有一位在广陵卖药，我也常在那里休憩。在广陵青园桥的东边，有数亩樱桃园，园北有个供车马出入的门，即是我的居所。你如果忙完公事，可以到这里来找我。”

说完这番话，裴湛便洒脱离去。

王敬伯到广陵十余日后，终于得了空闲。这日，想起裴湛的话语，便出门寻他。到了樱桃园后，打听之下果然有一北门，乃是裴宅。有人引着王敬伯进了门，刚开始周遭环境尚还荒凉，但越走则景致越佳。行了数百步，到了大门外。只见门内重楼叠阁，花木鲜秀，恍如仙境。又见那杨柳依依，景色妩媚妍丽，非言语可形容。一阵香风袭来，令人神清气爽，似飘然于云间，远离世俗，王敬伯只觉自己如那腐鼠一般，自己的仆从更是蝼蚁之辈。

忽然，传来一阵宝剑与玉佩相撞之声，两个青衣侍女走了出来，说道："主人来了。"不一会儿，一个衣冠卓然、容貌奇丽之人走了出来，王敬伯上前拜见，才看清此人竟是裴湛。裴湛宽慰王敬伯道："俗世中仕宦之人，久食荤腥，心中愁欲之火旺盛，负担着这些前行，也是苦了你。"

随后拱手作揖，请了王敬伯坐于中堂，只见窗户栋梁都以异宝装饰，屏障上都画着云鹤。四个青衣侍女捧着碧玉盘款款而来，盘中器物、杯中美酒都非人间所有。天色渐暗，裴湛命人将座位摆得更近一些，点了华灯，照得满屋明亮。席间有二十个乐师，皆为绝色。

裴湛对仆人说道："王评事是我当年在山中修行时的朋友，

他修道之心不够坚定，离开我下山之后已有十年，如今仅是廷尉的属官。他俗心已定，得让俗世间乐伎来奏乐。不过我看这周遭并无值得相召的乐伎，看来得要召士大夫之家已嫁了人的女子来才行。如果周围仍没有合适的，五千里范围内的都可选择。"

仆人连连点头，转身离去。席间歌伎们的乐器尚未调好，仆人已回来复命，只见那仆人带着一女子从西边台阶登上，缓步来裴湛席前拜见。裴湛指着王敬伯，对女子说道："快来参见评事。"王敬伯急忙谢礼，才发现这女子竟是自己的妻子赵氏！王敬伯与赵氏皆惊骇不已，却不敢说话，只能用目光不停地看向对方。

裴湛令赵氏坐在玉阶之下，一个青衣侍女捧着玳瑁筝走了过来，将玳瑁筝递给了赵氏。这玳瑁筝本是赵氏最为擅长的乐器，于是裴湛又令赵氏与众歌伎合奏助兴。王敬伯偷偷将案几上的黑李扔给赵氏，赵氏会意，将黑李系在了衣带上。歌姬们所奏的曲子，赵氏不能跟上，裴湛便吩咐乐师们配合赵氏演奏，赵氏所奏之曲虽不是《云门》《大韶》这样的古乐，却也清亮婉转，一时宾主尽欢。

一夜过去，天色将亮。裴湛唤了此前的仆人送赵氏归家，对赵氏说道："这里是九天画堂，常人是到不了这里的。我与王敬伯曾是方外之交，我怜惜他为俗世所迷，投身愁欲之火，为自身智识所害，浮沉于生死海中不得靠岸，所以安排了他到这里来，希望能唤醒他。今日的聚会再难有，夫人能来此云游，也是宿命。云山万重，来去辛苦，夫人不必推辞。"于是赵氏拜别而去。

裴湛又对王敬伯说道："你在此处待了一夜，大概会惊动郡

守，还是赶紧回到馆驿去吧，如果你没回京城，得空了可以来此处寻我。俗世之路漫长，万种烦恼缠绕，你要珍重。"王敬伯听了此言，拜谢离去。

五日之后，王敬伯将要返回京城，离开前他悄悄地去了樱桃园北，准备向裴湛道别。可到了樱桃园，却发现车马门处并无住宅，只一片荒烟蔓草，并无人烟，只能惆怅归去。到了京城完成公务，王敬伯刚回到家中，就被赵氏的亲族争相痛骂："我们赵家的女儿确实笨拙，不配嫁给你，但你既已娶了她，她上敬你的祖先，下为你抚育子女，你为何要用妖法戏弄于她，将她弄到千里之外弹筝，供人取乐！你不要狡辩，她带回来的那颗李子还在，可见她说的话都是真的，如今你还有何话说？"

王敬伯只得把事情的始末细细说了一遍，对赵氏亲族说道："这件事情我也没有想到，这一定是裴湛修道有成，用这种方法来对我炫耀。"赵氏也记得离去时裴湛对她说的话，所以心里也不责怪王敬伯。

党氏女

投胎为仇人之子

党氏女，是同州韩城县芝川南村人，她的故事得从很久以前说起。

从前，有一个叫兰如宾的人，居住在芝川县。唐宪宗元和初年，有一个叫作王兰的商人来到芝川，此后一直住在兰如宾家中。这王兰是个茶商，做着价值百万的茶叶生意。居住在兰如宾家的几年间，王兰从无家人朋友与他往来。后来，王兰卧病在床。因为从没有亲友前来探望，即便发生了意外也没有后患，所以兰如宾就将王兰杀死，霸占了王兰的财产。

从此，兰如宾一家过上了豪奢的生活，饮食服饰精致，车马仆人众多，日子过得和公侯之家差不多。也就是这一年，兰如宾的妻子生下一个儿子，这兰家儿子生得英俊又聪慧，古代的孔融、卫玠都不能与他相比。兰家人觉得，即便是骊龙颔下的宝珠、赵国的和氏璧也掩不住自己孩子的华彩，因此给儿子取名叫作玉童。

玉童每日饮食和穿衣，都要耗费数两金子。他身体不舒服的时候，用于求神拜佛的花费，更是不计其数。玉童稍大一些的时候，总是穿着昂贵的裘衣，骑着高大的马匹，在城中出入。他与各种少年交游，玩闹于歌楼酒肆，整日歌舞赌博没有一日停息，那些狂徒都对他的奢靡感到佩服。

就这样，兰家的资产越来越少，遇到粮食歉收的时候，甚至还要向人借贷。元和十年（815年），玉童暴病而亡，兰如宾夫妇悲痛不已，他们的哭号之声，即便是路人听了都于心不忍，恨不能以身相替，兰如宾还因为过于伤心得了病。玉童丧事上的一应用具、佛教绘画、席面丧乐，包括施舍僧人的用度，都是用的兰家的家产。丧事办完后，每到玉童的忌日，兰家还要施舍食物和钱财给僧人，用以追思纪念。于是，兰家日益贫困，家中的经济情况回到了未遇王兰之时。

一年秋天，有一个叫作玄照的僧人，去党家化缘。党氏女只有十三四岁，躲在门后面对僧人说："母亲和兄长都出门去了，不能为您准备斋饭。这里往北去有一个叫作芝川的地方，有一户兰家人，今天是他们儿子的忌日，他们在对僧人施斋，您可以往那里去。"

玄照对党氏女说："你一个女子，足不出村镇，怎么知道远方的事情，该不会是在骗我吧？"

党氏女笑着说道："他们死去的儿子，正是我的前世。"

玄照感到很诧异，正准备仔细询问党氏女，可党氏女关门回屋不再理他。玄照按照党氏女所说，前往兰家，只见兰家巷子中支着高大的帐篷，摆着豪华的筵席。到了兰家门口，大家都对玄照的到来十分欢迎，请他进门。吃完斋饭后，兰如宾思念起了儿子，伤心不已。见此情形，玄照对兰如宾说道："施主你如此思念儿子，想不想见一见你儿子的转世？"兰如宾惊诧不已，赶紧问玄照是怎么回事，玄照便把党氏女的事情告诉了兰如宾。

兰如宾非常激动，立即去了党家请求与党氏女见面，可党氏女不肯见他。兰如宾更加心急，他猜想是兰夫人没有一同前来，

且没有带着礼物，因此党氏女不肯见他，便返回家中再作打算。

第二天，兰如宾和兰夫人一起来到党家，还带了二十匹蜀地的红锦作为礼物。党氏女接受了礼物，但是仍然不肯见兰如宾夫妇。

兰如宾对党氏的父母万般请求，党氏父母被他们的诚恳打动，便去劝说女儿："你如果不想见他们，那一开始就不要说出你是他们儿子转世这件事。现在他们已经知道了，又诚心乞求，就勉强见一见吧。"

党氏女沉默不语。党家父母又问道："你坚持不见，那我要怎么和他们说呢？"党氏女回道："您就按我接下来所说的告诉他们，他们知道以后肯定不会再提见我的事了。您就问他们，你们的儿子从生到死，耗费大量家财，把当初王兰的财产都用光了吗？"

党氏父母出去后，按照党氏女所说回复。兰如宾看着妻子，不再说话，然后离去。见兰家夫妇离去，党家父母问女儿这到底是怎么回事。党氏女如实说道："女儿前世是茶商王兰，兰如宾杀害了我，并谋夺了我的钱财，我死后在天帝面前告状，天帝问我想要怎么办，我就说我愿意当兰如宾的儿子，耗尽他的钱财，所以转世成了兰家玉童。等到快花光了兰家的钱财，我就死了。我最近发现，兰家还欠了我一些钱财，所以才有这二十匹蜀锦送还。从今往后，兰家不会再思念儿子，施舍粥饭了。另外，在韩城有一个叫赵子良的人，当初赊欠了我五束茶叶，还没有还钱我就死了。现在赵子良正在为他儿子求亲，很快他就会拿着这五束茶叶的钱财作为聘礼，来家里求亲。钱收到后我就会离开，我不会嫁给他的。"

不久之后，赵家来党家求亲，迎娶的日子就定在正月初一。

党家收到聘礼之后，党氏女就离开了，党家怕赵家责怪，谎称女儿已经身亡，装作十分悲痛的样子，还替女儿办了丧事。

这天晚上，党家父母遇见了女儿，党氏女对他们说道："天帝认为天下的人都是愚昧的，人心总是充满欺骗和算计。人可以被言语编派，神灵会被言语迷惑。那些欺骗别人的人，也会被别人欺骗；那些诬陷别人的，也会被人所诬陷。虽然说人的虚伪矫作，不一定都会得到报应，但阴间对这些行为都是一清二楚的。知道自己的所作所为，而不责怪到别人头上的人实在是太少了，所以天帝让我托生在兰家附近，就是为了警告那些胡作非为的人。之前我没有说这些，是因为要侍奉你们，如今父母养育之恩已报，我就要离开了。今日来辞别，我心里也十分忧伤。希望大家能规划好自己的日子，不要被世事迷惑。"说完这些话，党氏女就消失了。

崔书生

与神仙成亲

　　开元、天宝年间，在东洲逻谷口有一个崔姓书生，他喜爱花草树木，在家门外种植了珍贵的花木。每到晚春，崔书生家门外都弥散着浓郁的花朵芬芳，远在百步之外都能闻到。崔书生对这些花木十分喜爱，每天早上洗漱之后都会认真欣赏它们。这天，崔书生同往常一样赏花，见到一女子乘着马从东边过来，身后有许多青衣仆人随行。女子容貌美丽，骑的马也高大威猛，崔书生还没来得及细看，女子就已经从他家门口走过了。

　　第二天，崔书生在花丛中摆上了酒器茶具，铺上了柔软的座席，对再次骑马路过的女子说道："我喜好花木，园中的花木都是我亲手种植，如今开得茂盛，值得观赏。我最近看到姑娘你频繁路过此地，您和您的仆人、马匹应该都累了，我特意备了酒水食物，希望你们能留下来稍作休息。"

　　女子并没有搭理崔书生，照旧骑马走过。倒是跟在女子身后的青衣婢女，对崔书生说道："你只管备好酒食，不必担忧不来！"女子见婢女多嘴，训斥道："不要轻易和人说话！"说完之后，一行人就远去了。

　　又过了一日，崔书生在山下另外准备了酒水食物，等到女子出现后，崔书生也骑马跟随，一直到了自家住所，崔书生下马再次拜请女子。过了好一会儿，一个年老的婢女对女子说道："车

马现在很疲劳，暂时在这里休息一下也好。"

婢女上前扶着女子下马，走到堂前。年老的婢女对崔书生说道："你既然还没有成亲，我能为你做媒吗？"崔书生听到这话，大喜过望，再次跪拜，恳请年老婢女不要忘记此事。老婢女又说道："事情已经定了，十五天之后就是良辰吉日，到时候你就在这个时辰，准备好婚礼上的一应用具，备好酒食。我们家姑娘的姐姐居住在逻谷之中，因为染了病，所以我们姑娘日日前去探望。到了那里，我会向姑娘的姐姐说明此事，等到婚期，我们都会过来。"

说完这番话后，女子一行人急匆匆地走了。崔书生按照老婢女所说，准备好了婚礼用品和酒水食物，十五日后，女子和她的姐姐果然来了，女子的姐姐容貌也很美丽。就这样，女子嫁给了崔书生。

崔书生的母亲住在崔家旧宅，没有和崔书生住在一起，崔书生娶妻也没有告诉母亲。因为是不告而娶，崔书生就告诉母亲，自己不是娶妻，而是纳了妾室。崔母和女子相见，女子对崔母礼仪周到，十分恭敬。

过了一个月左右，有人来给女子送食物，这些食物都充满了特异的甜香。崔母对此忧心忡忡，渐渐憔悴。崔书生察觉不对，再三询问母亲有什么心事，崔母说道："我只有你一个儿子，我希望你能健康长寿。如今你所纳的妾室，美丽无双。这样美丽的人，我就是在壁画中都没有见过，我担心她是狐狸精，对你造成伤害。"

崔书生回到里屋，女子已经知道崔母说的话，涕泪交加，对崔书生说道："我本来想做你的妻子，永远和你在一起，可老夫

人却以为我是狐狸精，我决定明天就离去，我们就只剩今晚的相爱了。"崔书生泪如雨下，说不出话来。

第二日，女子的车马前来接她，女子骑在马上，崔书生一路相送。进入逻谷三十里，只见谷中有一条小溪，溪水两岸长满各种奇珍异果，谷中的屋宇楼阁也很气派，比王侯之家还要奢侈。见女子到了，有数百个青衣婢女出来迎拜，其中一个婢女说道："姑娘，这个崔书生没有德行，何必带他过来！"于是便簇拥着女子进屋去了，将崔书生留在门外。

过了一会儿，一个青衣女子回来传达女子姐姐的话："崔书生你虽然没有德行，你母亲也不同意你与我妹妹的亲事，如今我们已经断绝了关系，不应该再见面。但是念在我妹妹曾经服侍过你，还是让你进来。"

崔书生进去之后，女子姐姐对崔书生再三责备，她言语犀利、声音清脆。崔书生并不反驳，只是拜伏在地，接受责骂。骂完了崔书生，姐姐让崔书生起身用饭，饭后又端上酒水，命歌姬奏乐助兴，那乐曲清澈嘹亮、百转千回。一曲终了，姐姐对女子说道："现在要让崔书生回去了，你有什么东西要赠与崔书生吗？"于是，女子拿出一个白玉盒子递给了崔书生，崔书生也与女子告别，各自流着泪离开。

崔书生走到逻谷口，回头望去，只见千岩万壑，不见来时的路，不由得悲从心起，放声大哭。回到家后，崔书生时常拿着白玉盒子观看，闷闷不乐。

一天，一个胡僧敲门化斋，崔书生出来相见，胡僧对崔书生说道："您这里有至宝，请您出示一番。"

崔书生疑惑道："我家中贫困，哪里来的至宝？"

胡僧说道："您难道没有特殊之人所赠的东西吗？贫僧通过望气就知道了。"

崔书生恍然大悟，拿出女子所赠的白玉盒给胡僧，胡僧看到白玉盒后躬身下拜，请求用一百万钱来购买此盒。买到白玉盒后，胡僧便要离去。崔书生心中好奇，问僧人："赠我白玉盒的女子到底是什么身份？"

胡僧答道："你先前所娶的妻子，是王母的第三个女儿玉厄娘子，她在仙界都富有美名，何况是在人间呢？可惜你娶她的时间实在太短了，如果你们相处了一年，你们一家人必定已飞升成仙了。"

听闻此言，崔书生叹息不已，此后一生都活在悔恨之中。

袁洪儿夸郎

与阴间官小姐成亲

南陈朱崖太守袁洪的儿子，小名叫作夸郎，生来就喜欢清净。夸郎二十岁左右，他在家外有一处宅子，平时就居住在外宅。夸郎好读诗书，擅长谈论那些玄奥的道理。

夸郎曾在外面见到一只翠翠鸟，命人用网捉住了它，养在身边。这天月色明亮，夸郎诗兴大发，点了蜡烛在院中吟道："露湿寒塘草，月映清淮流。"忽然，翠翠鸟消失不见了，只有一个梳着双鬓的婢女站在夸郎左边。

婢女说道："袁公子这句诗写得非常好，但据我所知，我们家的二十七郎，也就是名为封郎的，能押险韵，还会作三言、四言诗。封郎有一首《咏春》诗是这么写的：'花落也，蛱蝶舞，人何多疾，吁足忧苦。'像这样押险韵的诗，封郎作了一二百首，不过我不能都记住。"

听到这话，夸郎感到十分诧异，问道："你是谁家的婢女，怎么会出现在这里？你口中所说的封郎，我能有幸见到吗？"

婢女回道："我是王家二十七郎家中的陪嫁女，本名叫作翡翠，偶然间化身为翠翠鸟游玩，却被公子你捉住了。我家封郎离此处不远，你只要肯做东，封郎就会来了。"

于是夸郎命人准备酒水茶具，不一会儿，翡翠回来说道："封郎已经在门外了。"只见这门外站着一个少年，二十岁左

右，言辞斯文风雅，气质风流清爽，正是封郎。封郎行礼入席，与夸郎谈论古代典籍，二人相谈甚欢，不知时间流逝。夸郎对封郎说道："您住在什么地方，请您告知我。"

封郎回道："我明天会备上酒菜，邀你来做客。不过这地方不是我的居所，我本是入赘琅琊王氏的女婿。"说完，二人又是一番依依惜别。

第二天早上，有一小童前来拜见夸郎，说是替封郎来送一封信给夸郎，顺便替夸郎引路。夸郎打开书信，信上写着："良辰美景，精神旺盛，正是宴会的时光。我站在高台之上，等待朋友你的到来，你只要骑马向东就行了。"

夸郎依言骑马向东行去，走了大约十里地，忽然见到一处泉水，泉中的石头晶莹剔透，泉水周围种植着各种奇异的花草，前方的屋子恢宏气派，这处地方仿佛放置的都是人间的瑰宝。再往前走，只见门上悬着一层青纱，青纱下方凹进去一尺有余，下面摆放的都是兽炭。

夸郎与封郎相见，对此间景象感到奇怪，正准备询问，封郎回头斥责童子："捧笔奴，早就让你烧水清洗帘幕，怎么客人都到了帘子还没清洗？"

二人进了里屋入座，没过一会儿，有四个人从屋内走出来，这四人看上去都是儒雅之士。封郎介绍道："这是主人家的王二兄、三兄、四兄、六郎，名字分别叫王准、王推、王惟、王淮。"夸郎起身，与四人一一见礼。落座后，有六个丫鬟端了食物进来，这些丫鬟都长得清秀美丽，身着青衣、头戴珠翠，她们捧上的食物丰盛又少见，皆是珍馐美味。

排行第六的王淮说道："我们家有一些歌伎，让她们来歌舞助兴吧。"于是，十六个女子缓缓从幕后走出，其中一个女子看上去是胡人，她上前拜见众人。听到胡女拜见众人时的称呼，夸郎得知王家兄弟都有官职在身。王淮指着歌伎中的一位说道："这是石崇的小妾，名叫仙娥，不过名声没有石崇的另一个小妾绿珠大。"

众歌伎就位，音乐渐次响起，声音铿锵嘹亮。天色渐晚，王氏兄弟都已经醉倒，封郎和夸郎都还清醒。封郎对夸郎说道："这里也算是富贵人家了，不过你父亲是太守，你应该也见惯这些了。"

夸郎却说道："你们如果不嫌弃我身份卑微的话，我愿意加入你们成为兄弟，排行最末。"

封郎回道："我的妻子有一个妹妹，温柔美丽、擅长音律，你如果愿意的话我愿意做媒。"夸郎自然愿意，但也心存顾虑，"我担心在你们这种豪门之中，做一个普通人很难。"

封郎进了里间，和王氏兄弟沟通了一番，很快就出来对夸郎说道："王氏兄弟已经同意了！明天正是吉日，就可以成婚。"夸郎高兴不已，表示明天就迎娶。

到了第二日，王氏兄弟在堂下布置婚礼陈设，床榻帷帐，都崭新炫目。夸郎进入房间，听到帘子后头的女人说道："袁公子行步稳当，像是拿着书进学堂一样。"又一个年老的仆妇走了过来，夸郎对她行礼后打量了几眼，帘后的女子笑道："她已经老了，袁公子不要看她了。"

傍晚，傧相乐工都已到齐，一个丫鬟拿着纸笔走了过来，请夸郎写催妆诗。夸郎写道：

好花本自有春晖，不偶红妆乱玉姿。
若用何郎面上粉，任将多少借光仪。

婚礼上用的礼仪用具都很齐备，众人围绕这些用品写下了很多诗歌，但都没有特别让人记住的，只有一首《咏花扇》让人印象深刻：

圆扇画方新，金花照旧茵。
那言灯下见，更值月中人。

夸郎的妻子美貌倾城，举止优雅，小名叫作从从，大名叫王携。封郎的妻子与妹妹仪态很像，她言语诙谐、能言善辩，封郎妻子赠了一首诗给夸郎：

人家女美大须愁，往往丑郎门外求。
昨日金刚脚下见，今朝何得此间游？

众人依次坐在槐树的树荫之下，封郎弹琴，夸郎写诗，好不快活。此后，夸郎每日在王家饮酒作乐，不思回家。直到有一天，夸郎发现妻子和周围的人神色难过，还都在收拾行李。夸郎去问封郎怎么回事，封郎说道："我们的岳父，是晋朝的侍中大夫王济，一直都担任交州牧，最近改任了并州刺史。你的父亲仍在朱崖，你如果因为你父亲的缘故不能和我们同去并州的话，我们就要永别了。"

夸郎的妻子流着眼泪说道："我与你本来就阴阳殊途，没想到有缘分在一起，早知今日的话，何必当初相识呢，这都是封郎的错。"忽然，屋外传来叫声，夸郎开门去看，再回来时眼前人与物都消失不见了。

　　再回人世，夸郎才知道父亲已经寻找他有一年之久了。因为封郎等人的离去，夸郎整日神思不属，常去王氏旧址找寻，但并没任何结果，总是哭泣着返回家中。差不多过了一年，夸郎才恢复正常，一如往日。

侯遹

石头变成黄金

隋文帝开皇年初，广都县孝廉侯遹准备进城，走到剑门外时，见到路边有四块黄石。这四块黄石都有斗一般大，侯遹看了之后十分喜欢，就将这四块石头放进自己的笼子里，让驴驮着。

路上停下休息的时候，侯遹再次去查看这几块石头，没想到这四块石头竟然变成了同等大小的黄金！

侯遹到了城里后，将这四块黄金卖掉，换了百万钱财，然后用这些钱财买了十几个美貌的姿室，还修建了宽广的府邸，在郊外置办了田地产业，购买了许多货物。

在一个春天，侯遹带着姿室们出门游玩，下车之后，在地上摆上了佳肴美酒。忽然，一个老头儿背着一个大竹筐不请自来，坐在了侯遹酒席的最下方。

侯遹十分生气，命令仆人将老头儿赶走。老头儿也不生气，继续斟酒吃肉，笑着说道："我来这里是来向你要债的。你当年拿了我的金子，你不记得了吗？"

说完这话，老头儿施展法术，将侯遹的姿室歌伎全部装进竹筐之中，而后背上竹筐快速离开，老头儿行动快如飞鸟，很快就消失了。侯遹命仆人骑马追上去，但也不见踪迹。

从此以后，侯遹日渐贫困，回到了原来的生活状态。又过了十来年，侯遹返回蜀地，路过剑门时又遇到了当初的老头儿，老

头儿正带着很多姬妾在外游玩，其中就有当初被他装进竹筐带走的那些女子。老头和女子们也见到了侯遹，他们对着侯遹大笑。侯遹问他们话，他们也不回答。侯遹一接近他们，他们就消失得无影无踪。

　　侯遹在剑门内外寻找他们，但也没有查出什么结果，也推测不出发生这一切的原因。

巴邛人

橘中仙人

这是发生在巴邛之地的故事，因为不知道故事主人公的具体姓名，所以称他为巴邛人。

巴邛人家中有一片橘园，霜降之后橘子都被采摘了，只剩下两个橘子还留在树上。这两个橘子有三四个盆那么大，巴邛人感到非常奇怪，就爬上树将这两个橘子摘了下来。这两个橘子虽然巨大，但重量竟然就和两个普通的橘子一样。巴邛人剖开橘子，只见每个橘子中各有两个老者，这四个老者身高大约一尺，眉毛胡须都是白色，面色红润光泽。

橘子剖开时，其中两个老者正在下棋，他们谈笑自若，并不因为橘子被剖开感到惊慌，只一心要决出这盘棋的胜负。一个下棋的老者说道："你如果输给我了，那要给我龙神第七个女儿的头发十两，智琼仙女额间的花钿十二枚，紫绢帔一副，绛台上的霞宝散三十二斗，瀛洲的玉尘九斛，王母所酿造的酒四盅，王母女儿态盈娘子的跻虚龙缟袜八双，后天在王先生的青城草堂将这些东西交给我。"

另一个老头说道："王先生答应来这的，却没有来。我们在橘子中的快乐，和当初在商山的时候相比也毫不逊色，只是橘子终究根基不牢固，被这个愚钝巴邛人摘了下来。"

有一老头说道："我饿了，我要食用一些龙须。"说完便从

袖中抽出一条草根，这草根粗细一寸左右，蜿蜒如同龙的体态，细节与龙丝毫不差。这老头边削草根边吃，奇怪的是这草根一边被削，一边继续生长。老头吃完以后，这草根还和没吃的时候一般。

老头食用完毕，拿来清水含在口中，喷在草根之上，草根瞬间化为飞龙，四个老头依次骑上龙身，从容地飞走。此后的一百五十年，橘中仙人的故事一直在巴邛之地流传，按照时间推算，那应该是发生在南陈、隋朝时期的故事，但不知道具体的时间。

卢公涣

盗墓贼终遭报应

黄门侍郎卢公涣，曾在明州担任刺史，在他管辖范围内的象山县曾发生过这么一件事。

象山县有一处溪谷，位置偏僻无人居住。一个盗墓贼偶然间路过那里，看到车辙下有花砖，于是掀开砖探究了一番，知道这里是一处古墓。盗墓贼召集同伙，联名给象山县的县令写了一封信，请求居住在此处，县令不知内情就批准了。于是，这伙盗墓贼就在溪谷附近种上了麻，使外人无法看到里面的情况，自己则在里面挖掘古墓。

盗墓贼们打开了墓道，进入墓穴之中。这墓穴有三道石门，都用铁封住。盗墓贼会咒语法术，想凭借法术打开这三道石门。盗墓贼斋戒之后，就开始施展咒术。第二天，三道门中的两道被打开了，只见两扇门内都摆放着数百个铜人、铜马，这些铜人个个手执兵器，制作得都很精巧。

盗墓贼们继续斋戒，继续施展法术。这天，中间仅剩的一扇门打开了，一个身着黄衣的人从里面走了出来，对盗墓贼说道："汉代刘征南将军让我告诉你们，他生前征战四方，有大功劳在身，死后皇帝下令将他葬在此地，并铸造了铜人、铜马陪葬，就如同他身前的仪仗一样。你们想方设法来到这里，无非是为了盗取陪葬的财物，但是这里面并没埋有财宝，你们何必苦苦用咒语

来烦扰？你们如果再不停止挖掘，继续侵扰的话，到时候免不了双方都受到伤害。”

说完，黄衣使者就返回了门内，三扇门也再次关闭。盗墓贼们不听劝告，又持续念诵咒语多日不停。这次，中间的门又开了，出来了一个婢女。婢女再次劝告盗墓贼不要再侵扰墓主，盗墓贼依旧不听。

忽然间，两扇门毫无征兆地打开了，大水从门内奔涌而出，大多数盗墓贼都被淹死了，只有一个会游泳的盗墓贼游了出来。他出来后，把自己捆绑起来去了官府，告知了整件事的来龙去脉。卢公涣听闻此事，派人去查看这个古墓，只见墓中间的那道门内有一张石头床，一具骷髅躺在石床之上，墓中的积水很深，骷髅已经漂起来，半垂在床下了。

看到这种情况，去查看的人就封住了两道石门，堵上了墓道。

齐饶州

厉鬼杀人神仙救

饶州刺史齐推的女儿，嫁给了湖州的参军韦会。长庆三年（823年），韦会接到调令，因为妻子有孕在身不便出行，就将妻子送回了鄱阳的娘家照顾，自己一人前往京城。

到了十一月，韦会妻子齐氏临盆在即。这天夜里，齐氏看见了一个身高一丈的男子，这男子穿着甲胄拿着斧钺，气势汹汹。男子怒骂齐氏："我乃是梁朝的陈将军，一直居住在这个地方。你是什么人，竟然敢在我的地盘生产？"说完就举起钺要杀害齐氏。

齐氏赶紧求饶，说道："我凡夫俗子，眼力有限，不知道将军您居住在这里。现在我知道了您的意思，马上就搬走。"

陈将军威胁道："你如果不搬走就会死。"

齐氏周围服侍的人听到了齐氏的哭声，惊慌地跑过来，看见齐氏汗流浃背、精神恍惚，这些人围着齐氏问她发生了什么事，齐氏将刚才的所见所闻一一说明。天亮后，齐氏的婢女将这件事禀明了齐氏的父亲齐推，请求换一处地方居住。齐推这个人性情素来正直，不信鬼神之事，就没有同意。

这天夜里三更，陈将军再次出现，看到齐氏女仍在此处，大怒道："你之前不知道我在这里，还可以饶恕你，你现在明知道我在这里居住了，竟然还不避开，我饶不了你！"说完就再次举

起了钺。齐氏再次苦苦哀求："我的父亲他性格强硬，不肯答应我的请求。我一个女子，哪里敢和您这样的神明作对呢？请您让我待到天亮，到时候不需要您的命令我也会自行离去。如果这次我还没有离去的话，我甘愿受死。"

这夜，天还未亮，齐氏就吩咐婢女打扫其他房间，将床搬过去。正要将床搬走时，遇见了处理完公事回家的齐推，齐推问为什么要搬走床铺，仆人如实相告。齐推听后勃然大怒，杖责了这些搬家的仆人，说道："产妇身体虚弱，正气不足，所以会看到这些妖异的现象，这种事情不足为信。"齐氏哭泣着请求父亲，齐推始终没有同意。

到了夜间，屋外的人忽然听到了齐氏的痛呼声，赶紧冲进去，发现齐氏已经头破而亡。齐推知道女儿身亡，哀痛至极，认为就是用刀自残也不足以向女儿谢罪。齐推边将女儿的尸身安放在了别的房间，边打发脚程快的人去向韦会报信。

韦会因为工作上的一些疏忽，被吏部贬黜，此时正从另一条路返回饶州，不巧与前来报信的人错开了。在离饶州还有百余里的地方，韦会看到一个女子与妻子齐氏十分相像，就问身边的仆人："你看见那个人了吗，怎么和我的妻子长得那么相似！"仆人说道："夫人是刺史的爱女，怎么可能出现在这种地方，只不过是人有相似罢了。"

韦会越看这个女人越觉得是自己妻子，便骑马上前。女子见有人过来，就躲在一扇门后面，将门虚虚地掩上。韦会心中犹豫，觉得这女子应该是陌生人，就没下马，照旧前行。韦会回头看去，只见齐氏从门内走了出来，她大声说道："韦郎就这样忍心，不见见我吗？"

听闻此言，韦会下马过来，细看面前这女子，竟然真的是自己的妻子。韦会大吃一惊，赶紧问齐氏这是怎么回事。齐氏将遇到陈将军的事情告诉了韦会，哭泣着说道："我虽然愚鲁鄙陋，但是有幸成为了你的妻子，说话做事向来遵从礼法，没有得罪过你。我本来准备恪守贞节，与你白头到老，谁知道被厉鬼冤杀。我死后去翻看了我的寿命簿，上面写了我还有二十八年的阳寿。现在有一个办法可以救我，夫君你能怜悯我救我一命吗？"

韦会说道："你我本来就是夫妻，我们是一体的。失去了你，就像鹣鸟（比翼鸟）失去了翅膀，比目鱼失去了眼睛，我孤身一人，又该往哪里去呢？如果真的有办法可以救你，赴汤蹈火在所不辞！只不过生死殊途，阴间的事情我无法知晓，但即便如此我也会竭尽全力，你告诉我救你的办法吧。"

齐氏说道："此处往东几里，有处草屋，屋主叫作田先生，是村中孩童的老师。此人是个奇人，要慎重对待。您要下马步行过去，在他家门口诚心求见，态度要恭敬得像对待你的上级一样。你如果对他说明了我的冤情，他一定会生气，还会辱骂你，甚至殴打你、拖拽你、往你的身上吐口水，他的这些行为，你一定都要接受。事后，他如果露出了同情的神色，那我就有救了。这位田先生的样貌，与他的本事不相符合，但阴间的事情，不可以常理推断，你千万不要怠慢他。"

于是，韦会夫妇一起向东而去。韦会牵了马过来让齐氏骑，韦氏哭着说道："如今我这身体，已经和以前不一样了，夫君你就算骑在马身上也未必赶得上我。现在事态紧急，夫君你就不要推辞了。"

韦会听从齐氏的话，自己骑了马跟着齐氏走，齐氏身姿轻盈飘忽，韦会时常赶不上她。又走了几里，远远地看到路北有一处草堂，齐氏指着草堂说道："那里就是田先生的住所了，您救我的心一定要坚定，不要因为受苦就退却，如果田先生羞辱了你，我就能活命了。您千万不要流露出愤怒的神情，不然你我夫妻就要阴阳永隔。这些话您务必牢记，我就在这里不往前了。"说完，齐氏就流着泪离开，几步之后就不见了身影。

韦会擦干眼泪，独自前行。到了离草堂还有数百步的地方就下马，脱掉了官服，让仆人拿着名帖前去拜见。到了草堂前，田先生的学徒说道："先生出去吃饭，还没有回来。"韦会听后，就拿着名帖继续在草堂前等候。

过了很久之后，有一个人走了过来。这人头上戴了一顶破帽，脚上穿了一双木屐，面貌丑陋至极，摇摇晃晃地走了过来。韦会问旁边的人这是谁，旁边的人说，这就是田先生。

韦会赶紧命仆人送去拜帖，自己向前迎拜。田先生回了一礼，说道："我不过是一村中老头儿，平日里就向牧童讨口饭吃，你一个官员为什么这样恭敬地对待我？真是令我惊讶。"韦会回答道："我的妻子齐氏，阳寿还未过半，被梁朝的陈将军枉杀，我请求您能帮忙放她回来，活到她应该活到的岁数。"说完，韦会便哭着拜倒在地。

田先生说道："我不过就是一个乡野匹夫，我的学生们就是发生了争执我都不能决断，这种涉及阴间的事我哪里会啊！官人你这是疯了吧？你快点走开，不要在这里胡言乱语。"田先生说完便进了草堂，不看韦会一眼。韦会起身跟着田先生进了草堂，在田先生的榻前伏身下拜，再次恳求："我是来向您诉说我的冤情的，希望能得到您的怜悯宽容。"

田先生对周围的学生说道："这个人得了疯病，在这里吵闹不休，你们将他拉出去。如果他敢再回来，你们就朝他吐口水。"这些学生将韦会拉了出去，韦会挣扎着进去再见田先生。

学生们按照田先生的吩咐，纷纷往韦会身上吐口水，其中污秽不堪，可想而知。韦会不敢擦拭，等学生们吐完，继续下拜恳求，情真意切。田先生对众学生说道："我听说得了疯病的人，就算被人殴打也不觉得疼痛，你们给我打他，不过不要打骨折了，也别打破相。"

于是学生们对韦会拳脚相加，疼得韦会几乎难以忍受，但韦会始终恭敬地站在那里并不反抗，任凭他们殴打。等这些学生打完了，韦会再次进入草堂。如此循环了几次，韦会依然坚持。看着这种情况，田先生对学生们说道："看来这个人是真的知道我有法术，所以才来拜访我。你们回去吧，我会帮助他的。"

等到学生们散去了，田先生对韦会说道："官人是一个有真心的大丈夫，为了妻子的冤情甘愿受辱。我被你的诚心感动，就试着为你查看一番。"

说完，田先生将韦会带入了一个房间，这房中铺着一张干净的席子，席上摆放着香案，案上有一香炉，香炉前又铺了一张席子。田先生在席上坐定之后，让韦会跪在案几前方。过了一会儿，一个穿着黄衣的人前来，带着韦会一路向北行了数百里，到了一座城中。城里喧闹繁华，仿若大都市。又向北边走了一会儿，到了一处小城，城中的楼台殿宇，如同皇家居所。殿阁前方，有数百个手执兵器的卫兵或坐或站。到了大门口后，看门的差吏通报："前湖州参军韦某拜见。"

进门之后，韦会见到正北方向有九间正殿，其中一间的帘子

卷了起来，设有床铺香案，一个紫衣人向南而坐。仔细一看，这紫衣人正是田先生。韦会再次向田先生申诉冤屈，田先生的下属对韦会说："你先去西廊写份诉状。"韦会到了西廊，有小吏拿来了纸墨过来，韦会问来人："上面的紫衣人是什么官职？"小吏回答道："那正是我们的王。"

小吏拿了状纸上殿，紫衣人看了后对下属说道："按照状纸所说，去追查他的罪过。"状纸刚拿出去，就有人前来回复："陈将军已经押来了，状纸上所诉的事情，和齐氏所说一样。"

坐在上方的王责问道："陈将军，你为什么要杀害平民？"

陈将军回答道："那间屋子我已经居住了数百年，齐氏擅自住在我的房间，还准备在那里生产，让我的住处受到污染，我宽恕了她两次她都没有搬家，我一怒之下就将她杀害。我罪该万死。"

陈将军对杀害齐氏一事供认不讳，王对此做出裁决："阴阳两界互不相干，你这老鬼强占别人的住所多年，不思反省，反而滥杀无辜，现在判决你受杖刑一百，发配到东海之南。"

差吏递交了诉状，说道："齐氏确实还有二十八年阳寿。"紫衣王便命人召来齐氏，问道："你阳寿未尽，理应回到阳间，今日就让你回去，你愿意吗？"齐氏回道："这正是我的愿望。"

紫衣王判定道："将齐氏交给差吏，送回阳间。"差吏回道："齐氏的尸身已经腐坏，没有躯体供她回去了。"紫衣王命人修补齐氏尸身，差吏们认为，齐氏的尸身已经腐坏得非常彻底，无从修补。即便如此，紫衣王仍然坚持要放回齐氏。差吏们在门口商量了一会儿，一致决定，既然没有尸身，就只能放齐氏的生魂回去。

紫衣王问道："生魂与活人，有什么差别吗？"

差吏回道："唯一的差别就是，将来她死亡的时候没有尸身，其他的时候并没有区别。"紫衣王将生魂与活人的差异告诉了韦会，韦会接受这样的处理方式，请求齐氏与他同归。夫妻二人再次拜谢了紫衣王后，就离开了大殿。

这时一个黄衣人出来，引着韦会夫妻向南行走。出了城门之后，韦会夫妻感觉行走在悬崖边，忽然，韦会一不小心跌足坠崖。睁眼后，韦会发现自己仍旧跪在田先生的案几前，田先生也依旧坐在前方。

田先生对韦会说道："这件事处理得非常隐秘，如果不是你态度诚恳，是不可能成功的。你夫人的遗体还没有安葬，还停尸在旧房间，你最好赶紧写信到你岳父家，让他们马上下葬。这样等你到家后，也就没有什么痛苦了。另外，这件事千万不要泄露出去，如果泄露丁点，对你岳父齐刺史非常不利。你夫人就在门外，你带她回去吧。"

韦会拜谢，出门一看，妻子果然在门口等候她了。齐氏现在已经与活人无异，不再像之前一样轻盈便捷。韦会扔掉衣服行李，让妻子坐在马上，自己骑着驴跟在后面。同时，韦会写了一封信到岳父家中，请求尽快埋葬齐氏的遗体。

齐刺史一开始知道韦会要回来，特意安排了住处，布置了灵堂等待他。看到韦会信中的要求，齐刺史非常震惊，但是按照韦会所说将女儿安葬了，还令儿子去迎接韦会。

见了面后，齐家人发现韦会和齐氏竟然一同归来，都很震惊，齐刺史对此事特别疑惑，千方百计想问出其中真相，但韦会一直不肯说出真相。直到这年夏天，齐刺史将韦会灌醉，从韦会口中得知了整件事情的来龙去脉。齐刺史得知真相后，心中涌上不祥的预感，没过多久就过世了。

后来，韦会悄悄派人去探听田先生，却再也找不到田先生踪迹。齐氏回来之后，饮食生育一同常人，只不过她出门坐轿子的时候没有重量，轿夫都感觉不到轿子上坐了人。这件事情，由韦会的表弟亲口佐证，称齐氏从阴间回来后，精神面貌更胜往日。看来，阴间自有阴间官吏治理，这并非虚言。

开元明皇幸广陵

跨时空灯会

唐玄宗开元十八年（730年）正月十五晚上，玄宗皇帝问叶仙师："今天晚上全国各地都会有庆祝活动，仙师你知道哪个地方最为繁华美丽吗？"

叶仙师回答道："论灯火璀璨华美，杂技表演高超，男女仪态风度，妆容精致讲究，天下就没有能超过广陵的。"

玄宗又问道："您有没有什么法术能够让我看到广陵的美景呢？"

叶仙师说："不只陛下能看，侍奉陛下的人也能看到。"不一会儿，一座如同彩虹一样的桥出现在宫殿前方，虚空中出现了亭台楼阁和栏杆，看着如画一般。

叶仙师说道："去往广陵的桥已经搭建好了，陛下请上桥，不过要注意千万不要回头看。"玄宗迈步上桥，杨贵妃和侍奉玄宗的高力士、黄幡绰以及数十名乐官紧跟着一起上了彩虹桥，他们一步一步向上登去，越走越高，仿佛站在云上。没过一会儿，玄宗一行人就已经到了广陵。

当时，广陵的月色明亮如同白昼，街道纵横规整，寺庙道观热闹繁盛，周围街道灯火璀璨，照映着楼宇殿台。道路上挤满了男男女女，他们的衣着都很华丽，正悠闲地散步。这时，人们发现了天空中的异象，他们仰望着天空说道："有神仙出现在五色

云彩中了。"于是，广陵的百姓们都拜倒在地，人们因此聚集在一起，街上变得更加的热闹。

看到这样的景象，玄宗非常高兴，问叶仙师："这里真的是广陵吗？"

叶仙师说："您可以命令乐官们演奏一首《霓裳羽衣曲》，以后可以验证真伪。"接着，乐师们在云中奏乐，地上的人们更加激动，兴奋得手舞足蹈。一曲结束，玄宗想返回长安，片刻之间，他们就回到了宫中。

这番经历让玄宗非常高兴，但有人对玄宗说，这次去广陵未必是真，或许是叶仙师用他那精妙的道术蒙蔽了陛下。听到这话，玄宗也产生了怀疑，久久不能做出决定。

过了几十天，广陵地方官的报告传递到了玄宗这里，报告上说："在正月十五的三更左右，有神仙乘着五彩云自西而来，驾临孝感寺上方，停在数十丈以上的天空。这些仙人还在空中演奏起了《霓裳羽衣曲》，演奏完后又回到了西边。此情此景，被广陵的官员和百姓所瞻仰。这样的奇事能够出现，一定是陛下的孝诚得到了上天的回应，陛下您一定会登上仙人名册并排在首位的。要不然，为什么会在正月十五朝拜之日出现了五彩云，微臣管辖的地方出现了神仙的演奏之声呢？古代那些无为而治的帝王我们都听说过他们的道德，当时的人民还创作了《南风》来歌颂他们，不过这哪能和我朝出现神仙奏乐的事情相比啊！"

玄宗看到了广陵官员的报告后，大为高兴，也相信了叶仙师并没有欺骗他。

王国良

污言秽语遭惩罚

庄宅使巡官王国良，是下层官吏中非常凶恶残暴的一个人，他总是凭借宦官的势力，以辱骂他人为能事。

有一个名叫李复言的人，他的远房妹夫武全益被罢免了官职，租住在城中。他所租住的地方，恰巧处在王国良的管辖范围内。武全益很贫穷，不能按时缴纳租金，因此王国良时常对他进行言辞羞辱，也不对缴纳日期进行宽限，以至于武全益家有客人来，武全益都会先告诉客人王国良的情况，以免客人被自己连累，也遭受王国良羞辱。由此可见武全益对王国良的畏惧。

唐宪宗元和十二年（817年）的冬天，李复言在武家做客。按照王国良的习惯，他会每五天来一次武家，每次来他都会用污言秽语辱骂武全益，每次武全益都是捂着耳朵逃跑。可是这次，王国良有二十来天都没有来武家。这天，听到门外有人说话，声音温柔缓和，武家让人去问门外是谁，门外的人温和地说道："是我，王国良。"

武家一家人实在是害怕王国良的恶言，就准备出门哀求他。打开门后，眼前的王国良一副病弱的样子，武家人都感到十分惊讶。

王国良说道："我以前说话太尖酸刻薄了，因此得了重病，卧床七日就死去了，可死去七日后又复生了。因为我的无礼，冥界的官员还对我进行了惩戒，我身上被打的杖疮都还在。所以我很久没有过来。"

李复言请王国良坐下，让他仔细说说这是怎么回事。

王国良说道："当时我病情危重，忽然间有几位壮士出现在家中，撸起袖子将我从床上拽下来，用布袋罩住我的头，拉着我不知道走了多久，也不知道到了什么城市。这时，这些壮汉扯掉我的头罩，我一看前方，竟是官府门口，门匾上写着'泰山府君院'五个字。我还未喘过气来，就被赶到了厅前，一个身穿红衣的人坐在大堂上方，对身边的小吏说：'这个人罪孽深重，应该打入地狱，不过他的阳寿未尽，哪怕只有一天可活都不应该拘捕过来。你快去查一查。'

"这小吏走到西廊，迅速地说道：'从今日算起，王国良还有十年阳寿。'于是判官就将我拽出门去，刚出衙门，判官又生气地说：'再把他拽回来！这个人言辞污秽不堪，必须要给他一点儿惩罚，引以为戒。'于是勒令人扳着我的身体，受了二十杖刑，又把我拉了起来。这时候我已经受伤了，昏迷了很久。等我醒后，判官让我喝了一杯厅前池子里的水，告诉我喝了这水，我就不会忘记今天发生的事情，还让我向世间人转达，一定要注意言辞上的过失，胡乱说话会招惹是非，如果被抓住之后，哪怕是一句过失，也会后悔莫及。

"我挣扎着爬回来，熬了好几个黑夜才到家，刚到家门口就跌倒了，然后就醒了过来。我醒来的时候家人正哭泣着，准备将我入殓埋葬。我问家人我死去多长时间了，家人说我的身体已经冷了七天了，但是心头还有一丝暖热，所以不忍心将我入殓。我现在已经醒来五六天了，身上的伤口都还在。"

于是，王国良脱下衣服，让武家人看了他身上的伤口。只见他背上一片黑色，仿佛溃烂了一样，四周皮肤也呈现紫色，看起来伤口还要扩散。王国良又说道："我自小性格顽劣，不能明辨善恶，说话狂妄、言辞过激，可以说是罪孽深重。经过这次的事情，我再也不敢动怒了。我这次来是告诉你们，如果你们有钱缴纳房租的话，就按时缴纳，免得我被上司责怪。"说完，王国良便离去了。

　　从此以后，王国良每到一处，都表现得仁慈有爱。第二年九月，忽然传来王国良的死讯。从他在冥界受罚到他死去，仅仅过了十个月。难道按照阴间的算法，十年就是十个月吗？

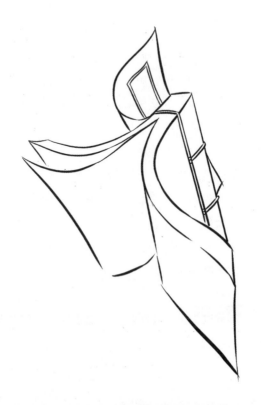

叶 诚

阴间官吏强征红牛

在河南中牟县有一个人名叫叶诚，是一个染匠。他妻子耿氏，可以看到阴间的事情。据耿氏所说，天下定居的人、行路的人、耕地的人、商人、种植桑树的人、运送东西的人、以歌舞为业的人，其中有一半是鬼。不过，这些鬼都知道自己是鬼，人却不知道有鬼混在人中。

叶诚家中有一头红色长角的牛，夫妻之间的对话这头牛都能听懂。

元和二年（807年）秋天，有两个鬼来到叶诚家中，其中一个看上去是州里的官吏，另一个是土地神。他们进入牛圈，官吏对土地神说道："这头牛能够背负很重的东西前行，他的皮毛筋骨都招人喜欢，我们州里没有一头牛能与之相比，我想要征用这头牛。"

土地神问道："为什么要大老远地来征用呢？"

州吏说道："我们大王的小女儿很快就要嫁给南海君的次子，到时候会陪嫁五百辆车，每辆车都要配上一头牛，这牛还需要是天下间最为健壮的牛。上面吩咐河南道要上缴十头牛，我们州需要上缴一头，我们州的话就定下这头牛了。现在可以把这件事告诉使者。"说完，二人就离开了牛圈。

再看这头牛，此时却是惶恐不安、气喘吁吁的样子，身上汗

如雨下。

叶家人想保全自家的牛，叶诚的父亲也是一个染匠，他马上拿来蓝色的染料涂抹在牛身上。刚刚涂完，一个身穿紫衣的军吏就骑着马过来了，后面还跟随着数十个骑着马的随从。他们笑着进了牛圈，却发现牛的情况和收到的报告不一样。军吏勃然大怒，抓住土地神，要处决他。军吏骂道："你主人的女儿要远嫁，要在州里找一头牛，既然上报了已选中一头牛，为什么又要弄虚作假？"

土地神说："我刚才和上官核对没有问题，才急忙赶回去上报的。等回来的时候，那头红牛就没了，一定是牛的主人把牛藏起来了。我请求把牛的主人抓过来审问，那样一定可以找到牛。"于是军吏吩咐把牛的主人捉拿过来。

几个小吏走下台阶，揪住叶老头的灵魂走了出去。这情形在众人看来，就是叶老头忽然得了怪病晕了过去，家人怎么呼唤他他都无法醒过来。家人哭号不已，但耿氏却不惊慌，她打来水泼在牛身上，牛身上的染料一下就被冲刷了下来。阴间的官吏发现了牛的真相，就把牛牵走了，叶老头也随之苏醒。

叶老头走上台阶，对着众人说道："我因为隐藏牛的踪迹，所以受到阴间官吏的惩罚。正准备给牛洗去染料，没想到儿媳妇就把这件事做了，所以他们就把我放了回来。"

叶老头再让家人去看牛的情况，此时牛已经死了。当时杨曙在中牟县做县令，他听闻此事后十分好奇，就召了耿氏去询问，耿氏所说就是如此。

王　煌

美女寻找替死鬼

　　唐宪宗元和三年（808年）五月，太原人王煌从洛阳前往缑氏庄。下午时分，王煌走出建春门二十里开外，忽然见到路旁有一座新坟，一个白衣女子正在坟前拜祭，哭得十分哀伤。

　　王煌偷偷打量白衣女子，看她年纪不过十八岁，长得十分美丽，堪称风华绝代。白衣女子身后跟着两个婢女，并无男仆。

　　一个婢女对王煌说道："我家姑娘是秦地人，十五岁时嫁给了河东的裴直。可结婚不到两年，裴郎就出门去了洛阳，一去就没有回来。我家姑娘觉得疑惑，就带着我们来洛阳寻找裴郎，来到这里却发现裴郎已经去世了。这就是裴郎的坟墓，我们特意过来拜祭。"

　　王煌问道："你们之后要去哪里呢？"

　　婢女回道："我们姑娘自幼父母双亡，我们也不知道该去哪里。姑娘的婚事是家族商定的，如今姑娘的舅舅也去世了，眼下我们只能暂时在洛阳住下，往后再找个郎君嫁了吧。"

　　听到这话，王煌十分高兴，说道："我有官职在身，年轻且尚未娶亲。我在缑氏庄有个住处，生活尚过得去，我很愿意向娘子求亲。请你替我向娘子转达我的想法。"

　　婢女笑着应了，走了过去向白衣女子转达。白衣女子听了后，哭得更加哀戚，婢女拉着白衣女子的衣服劝道："眼下就要天黑了，野外也没有可以居住的地方，就算回到老家也没有可以谋生的办法。眼前这位郎君，年轻有为，有官职在身，家境也不错，不愁吃穿。您要改嫁的话，这桩婚事可不要错过了！就算是您旧情难忘，也要先找个地方安顿下来。您怎么不听我的好言相劝呢？"

白衣女子还是不愿意，说道："我与裴郎是结发夫妻，如今他客死异乡，阴阳永隔。我俩恩爱不移，他的情义我粉身碎骨也难报答。如今他去世了，我还没有对他的死亡表达够我的哀伤思念，怎么忍心现在就改嫁呢？你不要多说了，我们现在就返回洛阳城内。"

婢女将白衣女子的答复告知王煌。王煌说道："你们到了洛阳城内不一样没有住所，同样是在异地居住，住在洛阳和住在缑氏庄有什么区别呢？"婢女又将王煌的话告诉白衣女子。眼见夕阳西下，回去也没有投宿的地方，白衣女子就接受了王煌的意见。白衣女子擦干眼泪向王煌行礼，但只要一提到改嫁之事，白衣女子就要哭泣很久。

王煌命仆人收拾马匹，与白衣女子同行。走了十余里，到了彭婆店歇息。王煌为白衣女子单独开了一间房间，对白衣女子以礼相待。因为白衣女子一提婚事就哭泣，让王煌不得不对白衣女子尊重一些。

第二天早上，王煌带着白衣女子一行人到了他在郊外的宅邸。白衣女子在堂中哭泣着说道："我样貌丑陋，性格愚钝，不值得您对我这样的照顾。我既然无家可归，又承蒙您的惦念照顾，就请您准备婚宴，我愿意与您成婚。"

王煌高兴不已，马上令人准备婚礼用具。二人吃完饭后，就

举办了婚礼。从此以后，二人恩爱甜蜜，感情日益深厚。而白衣女子也日益娇艳动人，白衣女子不只美貌，她言谈举止也温柔优雅，针织女工都很精通，她与王煌海誓山盟，承诺生死相依。

过了几个月，王煌去洛阳办事，遇到了自己的旧友任玄言。任玄言是洛阳城中的道士，身怀奇术，与王煌关系不错。任玄言看到王煌的面色后十分惊诧，问道："你是和什么人成亲了吗？怎么气色成这个样子？"王煌笑答："是娶了一位夫人。"

任玄言道："你娶的不是人，而是一个'威神之鬼'。如果你现在能和她断绝关系，我还能保你一命。要是再过一二十天，你绝无生还可能，到时候我就救不了你了。"

王煌听了很不高兴。正好此时白衣女子派人来请他回家，神色十分着急，他的事情也没有办成，就返回缑氏庄了。王煌对任玄言的话不以为意，与白衣女子继续恩爱缠绵。

又过了十几天，王煌再次去了洛阳，在南市又遇到了任玄言。任玄言拉着他的手说道："我看你这气色，必死无疑了。你不肯听我的劝告，才落到这个地步。明日午时，她来了之后你就会死去。可惜啊可惜！"

任玄言流着泪与王煌告别，王煌也惶恐不安起来。任玄言又说："你如果还是不信的话，就把这张符放在身上。明天午时，你家中那位一进门之后，你就将符纸扔向她，到时候你就能看到她的本来面目了。"王煌将符放入怀中。

待王煌转身，任玄言又叮嘱王煌的仆人道："明天午时，那个妖怪就会来了。到时候你家主人会把符纸扔向妖怪，你要看清楚那妖怪的模样，那妖怪不是青面鬼，就是红面鬼。她进门之后会反坐在你家主人身上，你家主人必死无疑。你家主人死后你

去看看他是坐着死的还是躺着死的。"仆人将任玄言的话记在心中。

到了第二日午时，王煌坐在堂上，白衣女子果然来了。王煌掏出符纸投向白衣女子，白衣女子立即变成了一只耐重鬼。耐重鬼上前抓过王煌，说道："为什么要听信道士的话，害我现出原形！"说完反绑了王煌的双手，又将王煌一脚踩死。

到了天黑，任玄言过来打探情况，得知王煌已经死了。任玄言问仆人："那鬼长什么样子？"仆人就把当时看到的事情都对任玄言说了。任玄言听后说道："这是北天王脚下踩着的那只耐重鬼，按照惯例，每到三千年它就会给自己找一个替身，现在这鬼年数满了，正在寻找替身，所以才化为人形到了人间。王煌如果是坐着死的，那满了三千年后，也可以去寻找一个替身。可是如今他是躺着死的，他就无法找到替身得到解脱了。"

任玄言上前查看了王煌的尸体，见他脊骨断裂，哭着离去了。

杜巫

自毁神药，悔不当初

尚书杜巫在年轻尚未发迹的时候，曾在长白山遇到了一个道士。道士赠送了杜巫一枚丹药，让他立即服下。从此以后，杜巫就丧失了食欲，不再食用东西，但他却容色平和，身体轻健，也没有疾病。

后来，杜巫担任了商州刺史。因为官位已经到了太守这个级别，职位也高，杜巫担心自己不吃饭这件事会让其他人感到奇怪，就想除去丹药的药效，遇到客人他总会询问除丹的方法。

一年多后，一个年轻道士来到了商州。杜巫向他询问了除丹的方法，道士便让杜巫去吃猪肉，还要饮猪血。杜巫按照道士的方法做了，道士又让他揉搓自己，不一会儿，杜巫就吐了许多痰出来，其中有一块像栗子一样的东西。

道士将这栗子一样的东西取出，这东西很是坚硬，道士将它剖开，看到其中有一颗丹药。道士将丹药洗净，放在手心，只见丹药呈绿色，散发光芒。杜巫便说："将这丹药还给我，我自己保存，等我老了我再服用。"

道士却不给他，说道："我长白山上的师父说了，杜巫后悔吃了我的丹药，想将它取出，你去把取出方法交给他，再把药收回来。今天我就是奉了我师父的命令来的，你想除去神物，如今已经为你除去。即便你留下了这颗药，想晚年再服用，也不行

了。你就打消这个念头吧。"说完，道士将药吞入腹中，潇洒离去。

此后五十多年，杜巫倾尽家财炼制丹药，却没有炼成过这样神异的丹药。

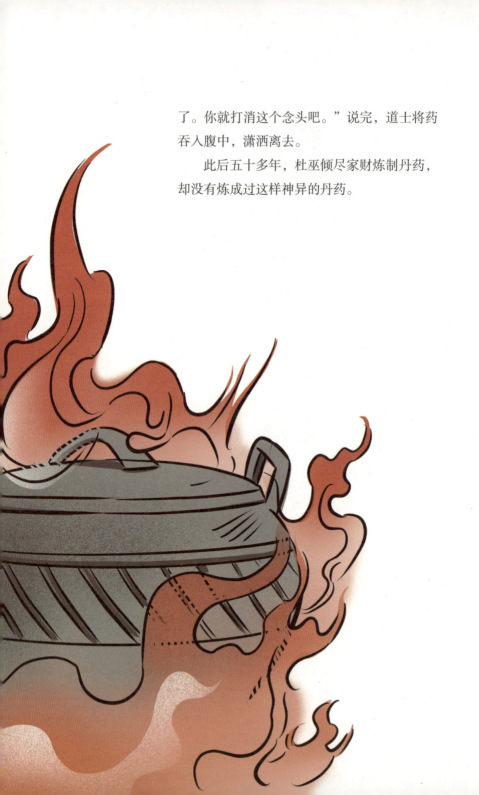

薛中丞存诚

罗汉归位

唐宪宗元和末年，御史中丞薛存诚转任给事中，给事中任期未满，又转回了御史台。御史台远离闹市，向来整洁肃穆，薛存诚再踏入御史台，只觉神清气爽。来到厅中，薛存诚不禁吟道："卷帘疑客到，入户似僧归。"

几个月后的一天，御史台看门的小吏偷懒睡觉，似醒非醒之间，看到几十个僧人童子，捧着鲜花，手持经幡，口念梵语经文，依次走进御史台。小吏高声呵斥："这里是御史台，你们这是在干什么，怎么就进来了？"

僧人中有一位叫作识达的，说道："我是御史中丞薛存诚的弟子，前来迎接我的师父。我师父就在御史台，我能进去吗？"

小吏道："这是中丞大人的官署，又不是你们这些妖僧的寺庙，你们怎么可以随便进去呢？"说完，就准备捉拿这些僧人。

识达又说道："师父本来是须弥山东峰静居院的罗汉，因为与仙人说想要体验红尘俗世，所以要来人间体验五十年。现在五十年期限要满了，我们特来迎接。这些事情，不是你们这些人能够得知的。"看门小吏听后，正准备去禀报，忽然惊醒，方知是梦。

后来没过几天，薛存诚就在御史台因病而亡。小吏偷偷打听了一下薛存诚的岁数，发现他正好五十岁。

房玄龄　杜如晦

　　唐朝的宰相房玄龄、杜如晦，年轻的时候曾接班从周地前往秦地，晚上投宿在敷水的一家旅店。旅店提供了酒水肉食，房玄龄和杜如晦在深夜对坐食用。

　　忽然，两只长着黑毛的手从灯下伸出，仿佛有所请求。房玄龄和杜如晦各自夹了一块肉放在黑手上，黑手便缩回去了。没过一会儿，黑手再次伸出，房玄龄和杜如晦又倒了些酒在黑手上，黑手就又缩回去了，再没有出现。

　　吃完饭后，二人背着灯睡下。到了二更时分，忽然听到街上有人高声呼唤"王文晟"，一连叫了数声都不停止。这时，二人房间的灯下出现了一个人，街上的人对灯下人说道："正东二十里的村中，有人摆了宴席酬谢神灵，酒水食物都很丰盛，你去吗？"

　　灯下人回道："我已经吃饱喝足了，而且有公事在身，去不了。"

　　街上人问道："你平日里都饥饿又贫困，哪里来的酒肉吃？再说你又不是小吏，哪里来的公事要办，为什么要胡说八道呢？"

　　灯下人回答道："冥界的差吏安排我来给两位宰相轮值，承蒙两位宰相关爱，赐予了我酒食，所以我真去不了。如果是平常，你一叫我，我立即就去了。"

听到灯下人的解释，街上人就告辞离去了。

两人的对话都被房玄龄、杜如晦听到了，房、杜非常高兴，都记住了这件事。后来，二人一同入京，都成了一时名相，千古流芳。

韦 固

缘分天定不可改

　　杜陵有个人叫作韦固，父亲早逝，韦固便想早日娶妻，找了很多门路后都没有成功。唐宪宗元和二年（807年），韦固在清河游玩，歇息在宋城南边的旅店。旅店中有人为韦固提亲，女方是清河县前任司马潘昉的女儿，约定第二日在旅店西边的龙兴寺门口见面。

　　韦固心中急切，第二天天未亮就去了龙兴寺。到了寺庙门口，月亮还挂在天边，明亮皎洁。这时，韦固看到一个老人，倚靠在一个布袋上，正借着月色看书。韦固走过去，在一旁偷看书上的内容，却不认识书上的字。

　　书上的字不是虫篆字，也不是八分书、蝌蚪文、梵文，韦固好奇，便问道："老人家您看的是什么书？我自幼努力学习，自认为没有不认识的字，即便是西边的梵文我也能看懂，但这本书的字我却从未见过。"

　　老人答道："这并不是人世间的书，你自然看不懂了。"

　　韦固问道："不是人间的书，那是什么书呢？"

　　老人回道："那自然是幽冥之书了。"

　　韦固又问道："那既然您是幽冥的人，怎么会在这里呢？"

　　老人说道："是你来早了，而不是我不该在这里。阴间的官吏掌管人间的事务，掌管事务的人又怎么会不在人间出现呢？现在

路上的人，一半是人，一半是鬼，只不过你分辨不出来而已。"

韦固问道："您掌管的是什么事呢？"

老人回道："我掌管天下人的婚姻。"

韦固说道："我父亲早逝，我想早些成婚，开枝散叶。这十多年来，我多方求娶都没能如愿，今天有人替我相看了一门亲事，您看这次能有结果吗？"

老人答道："不能成功的，这是命中注定。即便你把条件从官宦之家降低到贫贱之家，也不可能成功，何况这次还是司马的女儿。你命中注定的妻子现在才三岁，等她十七岁的时候就进你的家门了。"

韦固看到了老人的口袋，问道："您口袋中装的是什么东西？"

老人说："是红绳，系在夫妻二人的脚上。人刚出生的时候，红绳就系在了命中注定的夫妻的脚上，不管他们是贫是富、有恩有仇，或是隔着天涯海角，只要这红绳系上了，就再也无法更改。你的脚已经和她的脚绑在一起了，你求娶别人也没用的。"

韦固问道："那我妻子现在在哪里呢？她家中是做什么的？"

老人回道："她是旅店北边，卖菜的陈婆婆家中的女儿。"韦固听到此话，就想去见一见这命中注定的妻子，老人便给他指路，"陈婆婆经常抱着她卖菜，你跟着我走，我指给你看。"

到了天亮，答应为韦固说亲的人并没有来。老人卷起书袋，准备离去。韦固便跟着老人来到菜市场，在这里，韦固见到一个瞎了一只眼的老婆婆抱着一个小姑娘走了过来，这小姑娘面貌丑陋，身上肮脏。老人指着这个小姑娘说道："这就是你未来的妻子。"

韦固非常生气，说道："我能杀了她吗？"

老人说："这女孩命中注定是享有俸禄之人，还会因为自己儿子获得封号，你怎么能杀她？"

说完，老人就消失不见了。

韦固怒气难消，骂道："这老鬼妖言惑众！我士大夫出身，娶妻自然是要门当户对，那些漂亮的姬妾我想要现在就能得到，我怎么可能会娶一个瞎眼老太婆的丑女儿！"韦固回去后，磨了一把刀，将刀交给了自己的仆人，说道："你一向能干，去替我杀了那个卖菜老太婆的女儿，事成之后给你一万钱。"

仆人答应了韦固的要求，第二天将刀藏在袖中去了菜市场。到了菜市场后，仆人一刀刺向小姑娘，然后逃跑。众人四散奔逃，菜市场一片纷乱，韦固和仆人得以逃脱。韦固问仆人："你刺中她了吗？"仆人回答道："我刺向她的心脏，但是没有刺准，只刺中了她的眉心。"

此后，韦固依然四处求娶，但都没有成功。

又过了十四年，韦固靠着去世的父亲的荫庇到相州担任参军。当地的刺史王泰让他代理司户的职务，负责审讯犯人。因为韦固工作出色，王泰就想将自己的女儿嫁给韦固。王泰的女儿年纪十六七岁，长得十分美丽，韦固对这门亲事非常满意。

婚后，韦固发现妻子的眉间总是贴着花钿，即便是洗澡也不拿去。就这样过了一年，韦固对妻子的花钿越发惊讶，这日，他忽然想起当年仆人刺杀小姑娘却误中眉间的事情，便逼问妻子。

妻子哭泣着说道："我并非郡守的亲生女儿，而是侄女。我父亲本是宋城的县宰，不幸死在任上。我还在襁褓之中，母亲和

哥哥又相继去世。我家在宋城县城南有一处房产，我的乳母陈氏就带着我在那里生活。我家附近有一处菜场，乳母便以卖菜为生。我乳母怜我幼小，一直将我带在身边，即便卖菜也带着我。三岁的时候，乳母带着我去菜市场，我不幸被一个狂徒用刀刺中了眉心，此后眉心就留下了伤疤。七八年前，叔叔来到卢龙任职，将我接去抚养。叔父慈爱，将我当作亲生女儿嫁给了您。"

韦固又问道："你的乳母陈氏，是不是有一只眼睛是瞎的？"

妻子王氏说道："是的，您是怎么知道的？"

韦固说道："当初要刺杀你的人就是我。"韦固感慨了一番命运的神奇，将当初的事情告诉了妻子。从此之后，夫妻二人更加恩爱和睦。后来，王氏生了一个儿子，官至雁门太守，王氏也被封为了太原郡的太夫人。

宋县的县宰听说了这件事后，就将当初韦固住宿的那家旅店命名为"订婚店"。

蔡荣

土地神报恩

　　中牟县三异乡，有一个木工名叫蔡荣。蔡荣从小信仰神祇，每次吃饭都要分一些放在地上，用来祭祀土地神。从幼童到年过四十，蔡荣没有一天忘记过祭祀。

　　唐宪宗元和二年（807年）春天，蔡荣生了病，躺在床上六七天都不见好。这天傍晚，一个武官模样的人来到蔡荣家中，对蔡荣的母亲说道："快把蔡荣的衣服和用具全部藏起来，千万不能让人发现。赶紧把蔡荣打扮成女人的样子，如果有人来问起，你就骗他说蔡荣出门了。要是问蔡荣具体去哪里了，你就随便说个大概，不要让他们知道具体的地点。"

　　武官说完，就离开了。蔡荣的母亲和妻子虽然对武官的话有疑惑，想不出这样做的原因，但还是按照武官的话做了，迅速地把蔡荣的一应物品藏了起来，将蔡荣扮成女人。刚刚藏好，就有一个骑马的将军走了过来，身后还跟着十余个随从。这些人个个都佩带弓箭，他们直接闯入正屋，问道："蔡荣在不在？"

　　蔡荣的母亲惊慌地说："蔡荣不在家。"

　　为首的将军问道："那蔡荣去哪里了？"

　　蔡荣母亲答道："他酒醉回家，不好好干活，我一气之下打了他一顿，他就跑了出去。现在离他跑出去，已经有一个月了。"

将军命人在屋中搜寻蔡荣，这些人搜检完出来报告说："屋里并没有男人，也没有男人的用品。"

将军又连声召唤，将土地神叫了出来，将军询问土地神："蔡荣去了哪里，你难道不知道？"

土地神回答说："他是一怒之下离开的，我并不知道。"

将军又道："大王神殿的后墙歪斜了，正需要像蔡荣这样的能工巧匠去修补，现在期限快到了，谁能够代替蔡荣去？"

土地神回答说："梁城有一个叫叶干的木匠，手艺比蔡荣还要出色，我算了算他的阳寿快要到了，可以将他接走去完成这件事情。"

听到这话，将军一行人就骑马离开了。过了一会儿，通知蔡家人藏好物品的武官又出现了，他对蔡荣母亲说道："我是管理这片地区的土地神。因为蔡荣每顿饭都不忘祭祀我，所以我特来报答。"蔡家人对此都感到很惊讶。

土地神猜想，蔡荣的病应该很快就会痊愈，就转身走了。这时，蔡母去看蔡荣，只见他汗流如注，衣服都被浸湿了。从这以后，蔡荣的病就好了。不久后，蔡家人听说梁城乡的木匠叶干突然死了，因为叶干的妻子是蔡荣母亲的侄女，蔡家就通过她打听到了具体的情形，得知叶干死的时间，正好是蔡荣扮成女人的时间。

李　绅

前任淮海节度使李绅，年轻的时候曾和两个朋友一起居住在华阴西山。一天晚上，山中参与祭祀神灵的人来邀请他们，当时李绅头晕的病症发作，就没有前去，另外两个朋友则跟随来人去了。

夜里，雷雨交加，李绅就进了里面的房间休息。忽然之间，听到前面大堂传来一阵恳求的声音，李绅缓缓起身，透过帘子往外面看，只见一个老人坐在堂前东床上，他的头发胡须都已发白，身边有一个青衣童子，青衣童子手捧香炉站在老人身后。

李绅非常惊讶，知道是遇到了奇人，于是整理衣衫出去拜见。老人问道："年轻人，你认识我吗？"

李绅回答道："我从未见过您。"

老人说道："我是唐若山，你听说过我的名字吗？"

李绅回道："我在神仙的典籍书册中见过您的名字。"

老人又道："我在北海居住了很长的时间，今晚要和南海的仙人们去参加罗浮山的宴会。到了这里，见到两条龙在华山打架，搞得漫天雨水。我是服用丹药之人，不想要雨水沾到我的身上，所以暂时在这里休息。你的名字是叫李绅吗？"

李绅答道："我确实是姓李，但是名字并不是绅。"老人说道："不，你的名字就应该是绅，字公垂，这是神仙典籍上已经记载了的。你愿意随我一起去罗浮山一游吗？"李绅回答道："这正是我的愿望。"老人听后十分欣喜。

过了一会儿，风停雨歇，青衣童子告知可以出行了。老人从袖中抽出一根木简，形状如同笏板，往长一拽，木简就长了一丈多；往宽一拽，木简就宽了几尺。木简的边缘处卷起，底部凹陷，像一艘船一样。

三人上了木简，老人坐在船头，让李绅坐在船中，小童坐在船尾。老人嘱咐道："等下要闭上眼睛，千万不要偷看。"李绅按照老人所说，紧闭双眼，路上只觉风云翻滚，如同泛舟江海。过了一会儿，木简船停下，老人说："可以睁开眼睛了。"

李绅睁眼一看，发现已身在罗浮山，只见楼台殿宇，参差错落，云气缥缈，仿佛置身天外。又有箫管乐器之声，清澈嘹亮，响遏行云。数十个风姿端庄优雅的人高兴得过来迎接老人，他们指着李绅问："这是谁？"

老人说："这是李绅。"

这些人感慨道："真是奇怪啊！公垂竟然能够来到这里。人间混浊，苦难深重，如果不是位列仙籍是不会有机会来到这里的。"

于是老人让李绅拜见这些人。这些人问道："你能和我们一起回去吗？"

李绅说道："我还没有成家立业，如果跟随大家前去的话，我的兄长就会像当初黄初平的兄长一样担忧。"

虽然没有明确说不去，但众仙已经知道了李绅的答案。一位仙人说道："你如果想回家，就不能留在此处了。你的名字虽然写在典籍之上，但是你凡心太重，这一生都要待在幻界了。良好

的声誉和崇高的官位，这些身外的东西你都能得到。您要保持操守和道德，守住内心的清净，等你来世到了二十岁，就可以来这里居住了。要努力啊。"

李绅拜谢众仙和老人，准备回去。一闭上眼睛，就感觉到有一只驴一样的动物接近他，他骑上驴身，再次感觉到穿行于云间波涛之上。过了一会儿，李绅感到心中烦闷，忍不住睁眼看一看。刚一睁眼，他就掉到了地上，那像驴一样的坐骑也不知所终。

李绅查看四周，发现此处是华山北面，前方有一处旅店，名为罗浮店。这里离他在山中的住处还有二十余里，李绅慢慢地向居所走去。到了第二天，李绅的朋友和仆人，终于在路上找到了他。大家见了他之后都十分高兴，问他去哪里了，李绅欺骗他们说："我夜间独自一人，被狐妖所迷惑，就跟着它去了它的住处。等到天亮，我才清醒过来，赶回家中。"

从此以后，他就正式改名为绅，字公垂。后来李绅参加科举，顺利登科，任职翰林院，还担任了很多地方的刺史，成为将军和宰相。

梁 革

美人死而复生

金吾骑曹梁革，学会了扁鹊、秦和（春秋时秦国名医）这些名医高超的医术。太和初年，梁革担任宛陵巡官。此地的按察使于敖，家中有一个婢女长得十分美艳，名叫莲子，于敖对她非常宠爱。

有一天，莲子因为开玩笑而被治罪，被赶出于府发卖。市场上的小吏将莲子定价为七百缗钱。从事御史崔公听说了莲子的事情后，让人把莲子带了过来，还让梁革为她诊脉。梁革号过脉后，说道："这是一个二十年都不会生病的美人。"崔公听后很高兴，就将莲子买了下来，将七百缗买身钱给了于敖。

于敖平日疼爱莲子，一怒之下将莲子发卖，如果是卖给不相识的人就算了，可偏偏卖给了同僚崔公。于敖听说了崔公对莲子的宠爱，心里十分不高兴，从脸上就能看出来。但是人已经给了崔公，已成定局，再思念莲子也没办法让她回来，只能在心中默默思念莲子。

不到一年，莲子暴毙。这时，梁革外出传信，回来时路过城门，遇见莲子的灵车从那里经过，又见崔家人在送葬，梁革便问他们要下葬的人是谁。崔家人回答："是莲子。"梁革听说后，吩咐这些人将灵柩重新拉回崔公的住宅，自己则去告知崔公："莲子并没有真的死去，只是尸厥（昏死）而已。刚才我进城来，恰好看到了莲子的灵柩，就让人将她送回您的府上了。"

崔公想到梁革当初说莲子二十年无病的话，心中本就对梁革十分恼恨，加上莲子身亡，情绪便十分激动，骂道："你这个东西！靠着花言巧语迷惑上官，好与富贵有权之人结交。你当初还说莲子二十年无事，结果不到一年莲子就死了！今日莲子本该下葬，你还让人将她的灵车带回，人死不能复生，你还有什么脸面来我面前？现在你就站在我面前，我倒问问你，还有什么办法？"

梁革说道："莲子不是真死，而是尸厥。这种情形，千年难遇。我如果不能让她复活，那我的医术就没有资格受到天下人的称颂，到时候我愿意以死来向您谢罪。"说完，梁革便去了崔府。

到了崔府，梁革打开棺材，将莲子的身体抬出，在莲子的心、脐几处穴位扎针，凿掉了莲子的一颗牙齿，将一份药汁灌入莲子口中。莲子身着单衣，躺在空床之上，梁革又取来白布将莲子的四肢牢牢捆住，在床下生了小火，对周围的人说道："等到这火快要熄灭之时，莲子就该醒过来了。"

梁革又叮嘱徒弟："你煮好葱粥在旁边等候，如果莲子气息通畅醒了过来，她会出现发狂的症状，你千万不要松开她让她起身，过一会儿她会自己安静下来的。之后，莲子会觉得身体疲惫乏力，这是正常现象，你给她解开绑绳，让她食用一些葱粥，她就会活过来了。"

梁革做完这些后，就去衙门回禀崔公："莲子很快就会复活了。"崔公此时怒气全消，招待梁革在厅中休息。果然，没过一会儿，就听说莲子活过来了，有说有笑。

有小吏将莲子的事情告诉了于敖，于敖赶紧写信给崔公，询问到底是什么医术可以让人死而复生。崔公和梁革回到府上，莲子出门迎接。于敖对此事越发惊奇。当初，让莲子服侍崔公，并不是于敖的本意，于敖趁机让崔公将莲子送给梁革。崔公因为莲子少了一颗牙齿，对莲子并没有那么喜欢了，加上对于敖的意见很重视，就将莲子送给了梁革。

　　梁革得到莲子后，用药敷在莲子缺牙的地方，不到一个月，莲子就长出了一颗新牙，这颗新牙和以前的牙齿一模一样。唐文宗大和壬子年，梁革调任金吾骑曹，梁革带着莲子一同赴任。

李 讷

凡间女子误穿仙衣

这个故事是汉中从事李讷讲述的：

唐玄宗天宝年间，有一个士人前去巴蜀之地做武官，刚到了成都，武官就过世了。当地的连帅，名叫章仇兼琼，怜惜武官的妻子年轻守寡，没有地方居住，就在青城山下为她建造了一处别墅。武官的妻子颇为美貌，章仇兼琼便想纳她为妾室，但却没有办法实施。

章仇兼琼便告诉他的妻子："你身为地方大员的妻子，为什么不筹办宴会，邀请女性宾客来家中做客呢？方圆五百里之内的年轻女子，你都可以邀请过来。"妻子听后，高兴得同意了。

章仇兼琼又吩咐下属，让他告知方圆五百里之内的年轻女子，当天就赶往成都。章仇兼琼本想借此机会，将武官的妻子留下，没想到这妇人已被卢舅纳为妾室。

卢舅私下里知道了章仇兼琼的打算，就让武官妻子以病为由，不要去参加这次宴会。因为妇人并没有前去，章仇兼琼非常生气，命令手下百余人前去抓捕卢舅和武官妻子。

当时卢舅正在吃饭，士兵们骑着马将他的住宅包围了起来，但卢舅并不惊慌，谈笑自若，继续吃饭。吃完饭后，卢舅告诉武官妻子："章仇兼琼的目的非常明显，夫人你不能不去。等会儿有人会送一身白色的衣服过来，你换上之后就去。"说完，卢舅骑着驴走了，周围的士兵并没有拦住他。卢舅越行越远，士兵们并不能追上他。

过了一会儿，一个小童捧着一个箱子过来，箱子里面装着泛旧的青色裙子、白衫、绿帔、绯罗、绢素等女子衣物，这些衣物看上去都不是人间所有的。武官妻子换上这些衣服，跟着士兵们去了成都。她到了的时候，其他年轻女子已经都到了，章仇兼琼就躲在帘幕后偷看她。

武官妻子刚一进门，只见她身上流光溢彩，美色动人心魄，令人不敢直视。在座的人不由得屏住呼吸，不自觉地起身迎拜。等到宴会结束，武官妻子返回住处。三天后，武官妻子就过世了，她穿着的衣服也腐烂朽坏。

章仇兼琼感到害怕，就将这件事情写在折子上告诉了皇帝。皇帝询问张果，张果说："我知道这是怎么回事，但我不敢说出来。还是请教青城山的王老吧。"于是，皇帝下令，让章仇兼琼去寻找王老，让他前去觐见。

章仇兼琼找遍了青城山各处，都没有发现这个叫作王老的人。只有一家药铺里的人说："曾有两个人每天都来买山药，说这山药是给一个叫王老的人服用的。"等这两个人再次来买山药的时候，章仇兼琼的下属跟在他们身后。

买药人进山数里，到了一座草堂。王老正在这草堂之中，他鬓发斑白，靠坐在案几旁。下属们终于找到了王老，赶紧进去宣读圣旨，还转达了章仇兼琼的意思。

王老说道："这一定是张果那个老家伙多嘴。"于是，王老和章仇兼琼约定了时间，各自前往长安，还让章仇兼琼先行前去。王老并不肯乘坐官方的驿马，章仇兼琼听从了他的意见。等

章仇兼琼到了长安，王老也到了。

皇帝召见王老，张果也在旁边。张果看到王老，惶恐地上前行礼。王老责骂张果："你为什么不自己说呢？偏偏让人把我请到这里来。"

张果恭敬地说道："我不敢说，就等着仙伯您来解释。"

王老告诉皇帝："那卢舅是给太元夫人管理宝库的人，借着机会下凡，看到了武官的妻子貌美，就将她纳为妾室，他还偷了太元夫人的衣服给武官妻子穿。现在卢舅已经受了重罚，成为了郁单天子。那个武官的妻子也因为穿了太元夫人的衣物，堕入无间地狱。"

解释完这件事后，王老就要离开。皇帝竭力挽留，但王老态度坚决。皇帝无奈，只能放王老离开，从此以后，就不知道王老的踪迹了。

玄怪录 一

虫鱼异兽类

郭代公

猪八戒前传

开元年间，代国公郭元振科举落第，在从晋州去往汾州的路上，因为天色晦暗迷了路。走了很久之后才看到远处有灯火，认为前方肯定有人居住，于是前去投宿。走了八九里路，终于看到了一处高大气派的宅邸。

进了大门之后，只见廊下、堂屋灯火辉煌，还摆着许多酒水食物，一幅嫁女儿的排场，可是屋中却空无一人。郭元振将马系在廊前，走进堂屋，徘徊了几圈更加茫然。忽然，堂屋东边的阁子里传来一阵女子的哭声，呜咽不止。此情此景，十分诡异，郭元振大声问道："堂中哭泣的这位，是人是鬼？为什么外面这样摆设，却空无一人？"

这女子回道："妾身家乡的祠堂，供奉着一个叫作乌将军的人。乌将军能给人带来祸福，每年都要乡里人选一个美貌的姑娘嫁给他。我虽然面貌丑陋，但是我父亲收了乡里人五百缗钱，让我偷偷去应选。今天傍晚，乡里的姑娘们都一起来这里参加宴会，到了这里后，她们将我灌醉，把我反锁在屋中后全部离去，准备让我嫁给乌将军。我的父母抛弃了我，我如今在这里也就是在等死，感到非常恐惧。您如果是人的话，请求您解救我，我愿意终身服侍您，供您使唤。"

听到女子的话，郭元振大怒，问道："乌将军什么时候来？"女子回道："二更。"郭元振说道："男子汉大丈夫，我必定尽力救你。如果救不了你，我就陪你一同死去，绝不让你枉死于这淫鬼的手中。"听到郭元振的话，女子渐渐止住了哭泣。

郭元振打定主意要救这女子，就坐在西边的台阶上等候乌将军的到来，还吩咐仆人站在屋前站着，迎接宾客。没过一会儿，宅子前面便火光照耀，车马聚集，两个身着紫衣的人进了里屋，然后又走了出去，说道："宰相在这里呢。"接着，又有两个身着黄衣的进了里屋，同样也走了出去，也说道："宰相在这里呢。"

听到紫衣人和黄衣人的话，郭元振心中暗喜，想到："既然他日我能当上宰相，今天我就一定能战胜乌将军。"

没过一会儿，负责迎宾的人宣告："乌将军到了。"只见一群手执弓箭兵器的人将乌将军引进宅中。到了东阶，郭元振叫仆人上前，说是郭秀才求见，又亲自上前对乌将军行礼。乌将军问道："郭秀才怎么会在这里？"郭元振回道："听说将军今天大喜，我愿意为将军主持婚礼。"乌将军听后很高兴，请郭元振席间就座，两人相对而坐，交谈愉快。

郭元振在布袋中藏了一把锋利的刀，想找机会刺杀乌将军，便想了一个主意。郭元振问乌将军："将军有没有吃过腊鹿肉？"乌将军摇头道："这个地方少有。"郭元振又说道："我这里珍藏了一些腊鹿肉，是从御厨那里得来的，愿意切好后献给将军。"

于是，郭元振将切后的鹿肉装在小碗之中，拿到乌将军面前，请乌将军自行取用。乌将军心情大好，没有丝毫怀疑，伸手便去拿。这时，郭元振猛地将鹿肉向乌将军脸上砸了过去，趁乌将军还没反应过来，捉住乌将军的手腕，一刀砍下！

乌将军惨叫着逃走，其余人等也惊慌离开。郭元振拿着乌将军的断手，脱了衣服将这断手包裹起来，又让仆人开门去查看周围情况，果然，已经四下无人了。郭元振来到东阁，开门对女子说道："乌将军的断手在我这里，我可以按照血迹寻找到他，他离死不远了，你现在已经没事了，出来吃些东西吧。"

女子走了出来，她十七八岁的样子，长得十分美貌。女子拜在郭元振身前，说道："我发誓要服侍您。"郭元振劝了一会儿，女子没有说话。待到天亮，郭元振打开裹起来的断手，赫然发现，竟是一只猪蹄！

过了一会儿，一阵哭泣之声传来。原来是这女子的父母兄弟和乡里士绅，抬了棺材过来，准备替这女子收尸入殓。见到女子还活着，这些人都很惊慌，急忙询问发生了什么事情，郭元振就把事情的来龙去脉都告诉了他们。

这些乡中士绅不喜反怒，认为郭元振残害神灵，说道："乌将军是镇守我们乡的神灵，我们供奉他已经很久了，每年我们嫁一个女子给他，乡里就平安无事。如果嫁得晚了，就有狂风暴雨、雷电冰雹，你一个迷路的过客，竟然伤害了我们神灵，我们肯定会因你而遭受报复！我们并没有做对不起你的事情，你为何要这样害我们。我们现在只能把你杀了，来平复乌将军的怒火，或者把你捆起来，送你到县里官府去。"

说完，乡绅便挥了挥手，示意周围的人将郭元振绑起来。郭元振对众人说道："你们真是光长了年纪，却不明理。我知道天下的很多道理，我来与你们说一说。神灵，是受天命来镇守世间的，就好像诸侯们是接受天子的命令治理疆域，是不是这个道理？"众人点头同意。

郭元振继续说道："如果诸侯在自己治理的地方好色残暴，天子会不生气吗？你们称乌将军为神灵，可哪有神灵是长着猪蹄的？上天怎么可能让这种淫邪的兽类当神灵呢？况且，这淫邪的妖兽罪孽深重，我今天斩杀它有什么不可以呢？你们乡里没有正义之士，害得年年都有年轻女子死于妖孽之手，这妖兽罪孽滔天，你们又怎么知道，不是上天派我来斩杀妖兽的？你们如果听从我的劝告，我一定为你们除掉它，永绝后患，怎么样？"

　　听到郭元振的话，乡里人恍然大悟，高兴地说道："愿意听从您的命令。"于是，郭元振带着数百人出去寻找妖兽，这些人都拿着弓箭刀枪、锄头铁锹。众人循着血迹寻找妖兽的踪迹，走了大概二十里地，血迹指向一个墓地。众人围着墓地，挖掘出一个如瓮口般大的洞，点了火把往里一看，只见墓穴内部和一间屋子一样大，一只大猪卧在其中，左脚上少了猪蹄，地上满是血迹。猪妖大惊，冒着烟火往外逃跑，刚冲出来就被乡民们围起来打死了。

　　除了猪妖，乡民们互相庆贺，准备酬谢郭元振。郭元振拒不接受："我是为民除害，又不是靠卖猎物为生。"眼见郭元振要离去，郭元振救出的女子走了出来，对父母和亲族们说道："我侥幸为人，托生于父母，向来足不出户，从未犯过罪行。你们贪图五十万的钱财，就把我嫁给猪妖，还将我锁在屋中，这是人干的事吗？如果不是郭公仁义勇敢，我哪里还能活着。可以说，我是死于父母，而生于郭公。我请求跟随郭公，从此不再以故乡为念。"

　　郭元振请人再三劝阻，女子始终不改心意。于是郭元振将女子纳为侧室，后来女子为郭元振生了几个儿子。

来君绰

与蚯蚓精的奇遇

　　隋炀帝征伐辽东，十二路军队尽数被灭，总管来护儿因为此事被隋炀帝杀害，不仅如此，隋炀帝还想杀掉来护儿的儿子。来护儿的儿子名叫来君绰，他对此十分忧虑，所以与秀才罗巡、罗逊、李万进三人结为同伴，准备逃去海州。

　　这天夜里，他们四人迷路，见路旁有户人家灯火明亮，便去这户人家中借宿。敲了几下门之后，有一个仆人出来拜见来君绰一行人。

　　来君绰问道："这里是谁家？"

　　仆人回答道："我们是科斗人家，主人姓威，是本府的秀才。"说完就将来君绰四人迎了进去，进门之后，这门竟然自动关上了。仆人又敲了中门，对屋中人说道："蜗儿，家里来了四个客人。"待打开门，发现这蜗儿也是一个仆人，这个叫蜗儿的仆人拿着火烛将来君绰四人领到客房，床榻被褥一应齐全。

　　过了一会儿，有两个小孩子拿着火烛从中门走了出来，说道："大公子来了。"原来是主人来了，来君绰等人赶紧降阶与主人相见。这主人言辞爽朗，谈吐之间机敏善辩，来君绰四人与主人互相交换了姓名，这主人自称叫威污蠖（蠖，一种爬虫）。

　　一番寒暄之后，威污蠖站在东阶上对着四人作揖行礼，将他们请入屋中。落座之后，威污蠖说道："我侥幸成为了本州的乡

贡，与诸位可以说是志趣相投，今晚夜色安静美好，正是聚会的好时候。这也是我的愿望。"

于是，众人围坐在一起，共同饮酒。渐渐地，酒意上涌，大家都觉得酣畅淋漓，尤其是威污蠖，他谈笑风生，很多问题来君绰四人都不能回答他。来君绰心中不服气，就想在道理上胜过威污蠖，但都没有办法。来君绰心生一计，举起酒杯说道："我请求现在起一个酒令，这个酒令中的字必须包含在座诸位的姓名，而且两个字的声母必须相同，违反了就要受罚。"

接着，来君绰出令："威污蠖。"这个酒令实际上是在嘲讽威污蠖的姓名。众人听后都抚掌大笑，以为这个酒令出得巧妙，压了威污蠖一头。

轮到威污蠖出酒令了，威污蠖改变了酒令的规则，他说道："接下来这个酒令，必须以在座诸位的姓作为歌词，且必须从两个字渐渐增加为五个字。"威污蠖的酒令为："罗李，罗来李，罗李罗来，罗李罗李来。"

众人听了之后都感到十分惭愧，对威污蠖的敏捷的反应十分佩服。罗巡忍不住问威污蠖："您本是风雅之人，与古时候的陆机（西晋文学家）、陆云（西晋文学家）相比也毫不逊色，为什么要取这样一个含有贬义的名字呢？"

威污蠖回道："我很早之前就参加科举，可是一直被主考官打压，名次排在众人之末，这与尺蠖被压在污泥之中有什么区别呢？"

罗巡又问道："您家既是名门望族，为什么不见书上有过记载呢？"

威污蠖说道："我们家先祖是齐国田氏，出自齐威王，和齐

桓公的后人姓桓一样，我们便姓了威。这个道理你们难道没有听过吗？"

说完这话，那叫蜗儿的仆人又端上了丰美的菜肴，山珍海味，铺满了席面。来君绰四人都吃得心满意足。等到夜深，蜡烛都要燃尽了，他们才同榻睡去。第二天，四人很晚才起来，与威污蠖道别，四人都感到十分的不舍。

来君绰等人走了数里地之后，对威污蠖仍然念念不忘，于是又返回了威污蠖的住地。可回来之后却发现，他们昨晚住的地方根本没有住宅，而是荒无人烟，在这个位置唯一有的是污水池。再看这污水池边上，卧着一条几尺长的大蚯蚓，蚯蚓旁边还有蜗牛、螺蛳、蛤蟆，这些动物比平时所见要大上好几倍。

看到这个情形，来君绰等人反应过来，昨晚所见之人都是这些动物所化，再回忆起昨晚所吃的食物，四人不由得一阵恶心呕吐，呕出来的竟然都是污水和泥浆。

萧志忠

山中动物求生记

中书令萧志忠，在唐睿宗景云年间担任晋州刺史。当时，萧志忠计划在腊月初八那天出门打猎，事先就已经准备好了工具。

此前一天，有一个樵夫在霍山上砍柴，因为得了疾病不能下山，就暂时住在山洞之中。樵夫疼痛难忍，整夜都不能安睡。夜色将尽，隐约间听到有人在山谷中走动，樵夫担心是盗贼土匪之辈，就偷偷躲在一堆枯木之中。当时月色正好，照得山间明亮，樵夫能清楚地看到远处。

只见一个身高一丈多，长着三个鼻子，身披豹皮、双目如电的人，正对着山谷长啸。不久之后，就有老虎、犀牛、鹿、野猪、狐狸、兔子、野鸡、大雁这些动物聚了过来，站在这奇人面前约一百步的地方。

这奇人大声说道："我是玄冥使者，奉北帝之名前来。明天是腊月初八，萧志忠萧刺史会来这里打猎，到时候你们这些动物，有的会被猎鹰抓死，有的会被弓箭射死。"

听到这话，动物们都感到十分恐惧，纷纷跪倒，请求玄冥使者饶命。一只老虎和一只麋鹿对玄冥使者说道："明天死去，本来是我们的命数。但是萧刺史是一个仁爱的人，他本不是为残害生灵而来，如果明天发生了什么变数或者意外的话，他就不会来打猎了。请问您有什么办法可以救我们吗？"

玄冥使者说道："我并不想杀害你们，我只是身负北帝之命前来宣告你们将面临的刑罚，现在我的任务已经完成了。你们自己想一下办法吧。不过，我听说住在东谷的严四先生擅长谋略，你们可以去那里请求。"

　　这些动物们听到这话后，欢呼雀跃。玄冥使者向东前行，这些动物们就跟随在他身后。这时，樵夫的病已经好了一些，心中好奇，便悄悄跟随在后面偷看。到了东谷之后，有茅草屋数间。进了屋中，只见床上有一个人正在熟睡，这人看上去是个头戴黄冠的道士。这道士正是严四先生。

　　听到声音，道士受惊而起，看到来人是玄冥使者，说道："你和我已经好久没有见面了，我常常思念。让我猜一猜，你今天来我这里，是不是为了腊月初八，分配动物们刑罚这件事？"

　　玄冥使者说道："如你所料，我为此事而来。虽然有此命数，但这些动物都想向你求得一条活路，您就为它们想一想办法吧。"

　　老虎、麋鹿赶紧屈膝跪下，苦苦哀求。严四先生说道："萧刺史仁慈，一定会体恤仆役下人，不忍他们受到饥饿和寒冷。如果明天，主管风雪的滕六下了雪，主管刮风的巽二起了风，到时候风雪大作，打猎自然就会终止了。"

　　严四先生接着说道："我昨天收到滕六的信，得知他的妻子已经过世了。他喜好美人，妻子在世时，他曾索取泉家的五娘子做歌姬，因为妻子妒忌，歌姬被赶出了家门。如果你们能够找到美人送给他，立刻就会降雪。还有那巽二，他喜欢饮酒，你们如果能够找到美酒贿赂他，风马上就能刮起来。"

　　听到这话，动物们商量起来。两只狐狸说道："我们擅长媚惑人，办成这两件事应该没有问题。听闻河东县尉崔知之的三妹，长得娇艳动人；绛州的卢思擅长酿酒，如今他妻子刚生了孩子，家中肯定存有美酒。"

说完，两只狐狸就离去了。动物们看到救命有望，都高兴得叫了起来。

严四先生和使者闲聊，说道："回想起当初还在仙都的时候，哪儿能想到有朝一日会沦为野兽呢，而且还当了一千年的野兽，为此闷闷不乐。就写一首《述怀》诗来表达我的感慨吧。"
诗写道：

昔为仙子今为虎，流落阴涯足风雨。

更将斑毳被余身，千载空山万般苦。

严四先生接着说道："如今，我严含质被贬的期限要满了，再过十一天我就能重回仙府。在这里居住了这么久，一朝离去，心中伤感。就在这墙上写下几行诗，让人知道我曾经在此居住过。"

于是，严含质便在北边山壁上写下了：

下玄八千亿甲子，丹飞先生严含质，谪下中天被斑革。

六千甲子血食涧饮，厕猿穴，下浊界，景云元祀升太一。

这樵夫能识字，就将这段话默默背诵了下来。

不久后，一个老狐狸背着一个女子走了过来，女子大概十五岁的样子，用红色的袖子遮住自己的眼睛，即便如此仍能看得出

来她的美貌。另外还有两只狐狸背着两瓶美酒，酒气芬芳强烈。

　　看到美人、美酒都齐全了，严四先生施展法术，将美人和美酒各放入一个布袋之中，用红色的笔写下了几道符，取了水后喷在符上，两只布袋就腾空飞去，不见踪影。樵夫担心被他们发现，不敢多待，就悄悄地回去了。

　　第二天，天还未亮，狂风暴雪突然而至，下了一整天才停止，萧刺史果然没有去打猎，动物们得以活命。

刁俊朝

肉瘤藏猿猴

　　北周静帝大定年间，安康有一位艺人名叫刁俊朝，他的妻子是巴地一位老妇人。刁俊朝的妻子生了怪病，脖子上长了一个肉瘤，这肉瘤起初只有一个鸡蛋大小，渐渐地，长到了能装三四升东西的袋子那么大，四五年之后，这个肉瘤已经大到能装下几十斗东西，以致刁妻根本无法正常行走。

　　这肉瘤中还时常传出琴、瑟、笙、磬、埙、篪等乐器的演奏声，细细听辨，能听出这些乐声都符合音律，颇为悠扬动人。又过了好些年，这个肉瘤外面生出了数以亿计的小洞，每当天气晴朗的时候，这些小洞就会吐出白云，这些白云如丝如缕，缓缓地飞向空中，结合在一起变为厚重的云朵，这时，天空就会降下雨水。

　　刁俊朝家里的人对发生在他妻子身上的奇异现象，感到十分恐惧，纷纷要求刁俊朝将妻子送到远处的山洞中。刁俊朝对妻子感情深厚，不能舍弃妻子，对妻子说道："现在众人逼迫我舍弃你，我恐怕不能够保护你，我把你送到没有人的地方去怎么样？"

　　刁妻回道："这个怪病实在是太可恨了，现在你送我离开我也是死，将这颗巨瘤割下我也是死，不如你就帮我把这颗肉瘤割下来，看看这到底是个什么东西。"刁俊朝觉得此言有理，便去

磨刀。磨好之后来到妻子面前，将这个肉瘤割下。这割下的肉瘤轰然作响，突然之间崩裂开，一只大猿猴从中跃出，腾空而去。刁俊朝找来棉布，将妻子的伤口包裹好，这伤口虽然很快就能痊愈，可是妻子却始终昏迷，病情危重。

第二天，一个戴着黄色冠帽的道士来敲门，对刁俊朝说道："我就是昨天从肉瘤中跑出的那只猿猴。我本是老猕猴成精，有刮风下雨的本事，曾经与汉江鬼愁潭的那只蛟龙合作交往，我们观察江上过往的船只，然后用法术把船弄翻，偷窃船中的粮食用来喂养子孙。前些年，太一天神诛杀了鬼愁潭的那只老蛟，搜罗它的同党，我无处可逃，只能借了您夫人的脖子，藏在其中得以苟活。我的事与你们毫无相干，却连累了你们许多年。今天我在凤凰山神那里求得了一些灵膏，你将它涂在你夫人的伤口上，你夫人的病马上就能好。"

刁俊朝按照猿猴道士所说，将药膏涂抹在妻子的伤口上，伤口果然马上就愈合了。猿猴道士准备告辞离开，刁俊朝挽留，还杀了鸡来招待他。吃完饭后，刁俊朝还准备去买些美酒。猿猴道士引吭高歌，又演奏了丝竹之乐，乐声铿锵动听，十分悦耳。没过多久，猿猴道士就告辞离去，不知道去往了何方。

# 叶天师

守卫宝藏的龙

唐玄宗开元年间，道士叶静在明州奉化县兴唐观开堂讲座。自从叶静开堂以来，每次都有一位满脸胡须、身穿白衣的老人前来聆听，这位老人总是最先到来又最后离去，每次离去的时候都表现出依依不舍的样子，好像有很多话想说却不知道该怎么开口。

叶静最后一次讲座就要结束，讲完后就将离开兴唐观。老人得知这个消息后表现得更为伤感。等到听众都走了，老人还留在原地。叶静便叫了老人过来，询问他原因。

老人哭泣着对叶静行礼，表明自己是披鳞戴甲之辈，说道："我想请求您的怜悯和帮助，但是一直不敢告诉您。我不是人类，而是一条守卫宝藏的龙。我在观南小海做巡守，如果一千年都不犯错误，就可以得到升迁；如果宝藏丢失，我就要接受热沙的惩罚。我现在已经守在这里九百年了，眼看就要大功告成，却出现了一些变数。在这附近，有一位胡僧，他已经修炼三十多年了。这胡僧非常虔诚，法术高深，他在端午节午时会法术大成，到时候他会喝干我那里的海水。如果海水枯竭，我所守卫的宝藏也无从隐藏。我不敢奢求得到升迁，但我实在是无法忍受那千年的火海刑罚。求求仙师可怜我，帮我免除这次灾祸，大恩大德我铭记于心。"

叶静答应了龙的请求，龙哭着拜谢离开。

叶仙师担心自己遗忘这件事，特意在门口的柱子上记下了："午日午时救龙。"到了端午这一天，叶仙人去同乡家中吃饭，回来正准备休息的时候，他的门人看到了柱上的留言，说道："午时午日救龙，师父现在却要休息，该不会是忘记了吧？"

正准备进屋禀告，叶仙师在房中已经听到了他的话，马上问道："现在是什么时辰了？"门人回道："快接近午时了。"于是，叶仙师赶紧让一个青衣门人拿着墨符前往海上，进了海上一里多，就见天空乌云密布，狂风四起，一个婆罗门手执宝剑，乘在黑云上，正用咒语大口喝着海水。

没一会儿，海中的水就已经减少了大半。青衣门人奈何不了他，从空中摔了下来。

叶仙师又派了一个黄衣门人拿着朱符骑马赶往海上，离海还有一百步左右的时候，看见这婆罗门又在喝海水，此时，海中的水已经快被喝光了，只见浅海之中有一条白龙在大口喘气。黄衣门人依旧奈何不了婆罗门，也从空中摔下。

叶仙师又派了一个朱衣门人拿着黄符赶往海上，婆罗门依旧在饮水，海水只剩了一二尺深，白龙在沙滩上张着大嘴，奄奄一息。朱衣门人将符纸扔进海中，顷刻之间，海水就恢复了原本的状态。婆罗门按剑感慨道："我辛苦修炼三十年，一天之间就耗尽了法术，为什么这个道士这么厉害啊！"说完愤愤离去。

此时，海面风平浪静，之前摔倒的青衣门人与黄衣门人也渐渐能够站立，相互搀扶着走了回来，向叶仙师禀明情况。

他们的话还没说话，白龙老人就已经赶到，他哭泣着行礼，说道："我刚才差点死在胡僧法术之下，是仙师您用法力帮助

我，我才免于一死。像我这样的鳞兽，是有恩必报的，我愿意终生依附于您，如同您的门人一般，接受您的指使。如果师父您有需要，即便路途遥远，隔着千山万水，您一个念头召唤，我就会立刻到您的身边。"从此以后，白龙老人每天早上都会来向叶仙师请安，如同叶仙师的门人一般。

叶天师的道观在高原之上，无法打井。童子们打水，必须要到十里之外的大方，道观中人都认为十分麻烦。这天，叶仙师对白龙老人说道："我住在这里已经有一段时间了，我怜惜他们打水过于辛苦，要是道观之中能有泉水就好了，你能做到让道观里有泉水吗？"

白龙老人回道："泉水的走向，是上天注定的，非人力所能改变。但是师父对我有再生之恩，让我免于千年火海的苦难，师父您的命令我怎么会拒绝呢？做这种不可能做的事，天神一定不会允许，那我战胜他就可以了。"

这天，正是白龙老人与天神战斗的日子，白龙老人让道观中人都找地方躲起来，他告诉众人，到时候天色会忽明忽暗三次，三次过后大家就可以回到道观中，他希望自己能完成叶仙师的愿望。道观中的人听从了白龙老人的安排。

到了约定的时间，道观中人返回了道观，看见有一条石头铺成的小渠围绕着道观，清泉在渠中潺潺流动，绕渠一周后向南流去，注入东海。从此以后，道士们都依赖于这条泉水生活，这条水渠也被命名为"仙师渠"。

张宠奴

黄狗认主，南柯一梦

唐穆宗长庆元年（821年），中书令田弘正兵败镇阳，此时，进士王泰正在城中。听闻战事又起，王泰就往城南逃去。此时，军队在城外交战，王泰白天就寻找地方躲藏，夜间再赶路。来到距信都地界五六里的时候，一条黄狗跟在了王泰身后。黄狗对王泰说道："这条路非常危险，你为什么要夜间行走呢？"王泰不敢说话，沉默了很久后如实回答道："因为镇阳正在打仗。"

黄狗又说道："遇到我捷飞，是公子你的福气。公子你如果答应让我做你的仆从，就能免于祸患。"

王泰暗自思量："人在阳间做错事情，会受到责罚；如果阴间办错事情，应该也会受到鬼神的惩戒。我王泰行事正直，不曾犯过错误，就连鬼神都不惧怕，何况一只妖犬！"于是，就同意了黄狗的请求，将它收为仆从。

黄狗当即变成人形，对王泰行礼道："非常有幸能够服侍您，但我不擅长行走，请求将你的仆人变成驴，让我骑在上面，这样我们就可以一起赶路了。"

王泰吃惊得说不出话，就让自己的仆人下马，没走几步路，仆人不知不觉间就变成了一头驴。黄狗便骑在驴上，与王泰同行。王泰心中惧怕，但却无可奈何，全靠着自己的一颗正直之心撑下去。

与黄狗同行大概十里后，道路的左边突然出现一个怪物。这怪物身长数尺，头却是身体的数倍大，赤目长须。怪物扬着眉毛问黄狗："捷飞你怎么当起人的仆从来了？"

黄狗回道："我本来就该是被人驱使的啊。"

黄狗对王泰说："公子你不必害怕。"没过一会儿，巨头怪物就垂着脑袋跑走了。又走了几里路，又遇上一个脸上长许多眼睛的怪物，怪物眼睛放射出红光，在夜里闪闪发亮。多眼怪物也对黄狗说道："捷飞怎么服侍起人来了？"黄狗又重复了一遍回复巨头怪的话。接着，多眼怪物也逃走了。

黄狗高兴地说道："这两个怪物最爱吃人，他们捉到人之后，总是将人戏弄得筋疲力尽才吃掉。不过现在他们已经逃走了，剩下的那些怪物就不足为惧。再往前走上三五里，前面有一个刘姓老人，他们家条件尚可，我们可以在他家稍作休息。"

很快，就到了黄狗所说的刘姓人家，这是一处十分豪华的宅院。黄狗前去敲门，有人应答着出来，这是一位年纪大概七十岁的老人，行走还很利落，他开门后看到黄狗，高兴地说道："捷飞怎么和尊贵的客人一起来了？"

黄狗说道："我去冀州找寻朋友却没有找到，回来的路上偶然间遇到了王公子，王公子因为镇阳有兵事，不敢白天前行，所以我们在夜间赶路。现在我们都很困倦，希望能在这里得到休整。"

老人说："这有何不可！"作着揖将黄狗和王泰带到厅中，设宴招待他们。很快各种美味佳肴、瓜果食物就端了上来，老人还准备好了喂马用的草料，将王泰带来的驴也喂得饱饱的。

要开饭时，黄狗说道："我们这些疲倦的行人，很荣幸能得到这样的招待，不过如果要是有美酒，那就更加尽兴了。"老人说道："不用你说，我已经吩咐人准备好美酒了，已经命人清洗酒具。"

过一会儿，就有童子拿着酒具走了过来，酒具看上去精致又洁净。老人命人给黄狗倒酒，举杯共饮。喝了一会儿后，黄狗又说道："酒不该是静悄悄喝的，凡是那些大户人家，如果有尊贵的客人来了，都会有音乐助兴。现在家中来了贵客，乐姬们怎么还不出来相见呢？"

老人说道："我以为，我家中的乐姬都是山野之人，没有资格上前来，哪里会舍不得她们出来演奏助兴呢。"于是命人将乐姬张宠奴带过来。没过多久，宠奴就到了，宠奴长得十分美丽，看上去三十多岁的样子，她对王泰行过礼就坐在他的南边，言辞和神色都表示出不满。

王泰请宠奴歌唱一曲，宠奴如他所愿；老人也请宠奴歌唱一曲，宠奴却严词拒绝。

黄狗说道："宠奴不愿意唱歌，应该是因为没有伴曲的人。不远处有一个叫花眼的人，也很擅长唱歌，为何不将她也叫过来呢？"

老人听后，马上命人去将花眼请来。很快，花眼就来到了府中，花眼是个十七八岁的姑娘，衣服已经半旧，不是很鲜亮华丽。花眼见过众人后，就在宠奴的下方坐下。轮到老人敬酒，老人请花眼唱歌，花眼就演唱，请宠奴唱歌，宠奴依旧拒绝。宠奴表现得非常生气，一副欲言又止的样子。

再次轮到老人敬酒，老人端着酒杯再请宠奴唱歌，宠奴说什么都不肯。老人感到十分羞愧，笑着说道："平日里请你唱歌，

宠奴你从未拒绝过我。怎么今天有年轻的客人来了，就对我置之不理呢？如果往日的情分还有的话，我还是想请你歌唱一曲。"宠奴激动地撩起裙摆站起身来，说道："如果不是刘琨（西晋人，并州刺史）被段匹䃅（西晋人，段氏鲜卑首领）杀了，我哪会给你这老狐狸唱歌！"

　　顿时，厅中的灯火熄灭，漆黑一片。王泰看向窗外，窗外隐约间有些光亮，便匍匐着出去了。出去后，王泰回看刚刚的大厅，竟然是一座大墓。再看他的马，还系在松树下，他的仆人还站在门前，天上一轮满月，正是午夜时分。

　　王泰问仆人，"你刚才干什么了？"

　　仆人回答道："我梦见我变成了一头驴，被人骑着，还和马一起吃了草食。"王泰按照之前去老人家的方向行去，走了大约十里，这时天色朦胧将亮，王泰问路边的农人："附近有什么墓地吗？"

　　农人回道："这附近十里之内，有晋朝并州刺史刘琨歌姬张宠奴的墓地。"王泰这才确定昨夜的确是在宠奴的墓中。又往前走了三里，王泰看到路边有一副骷髅，骷髅旁有一处被扒开的墓穴，野草丛生。王泰细看这骷髅，发现这骷髅好像有四只眼睛，王泰认为这骷髅应该就是昨晚召唤来的花眼。而在路上遇见的大头怪、多眼怪，就不知道是何来路了。

党超元

狐狸报恩

党超元，同州邰阳县人。唐宪宗元和二年（807年），隐居在华山罗敷河南边。

次年十二月十六日，当夜二更时分，门外忽然传来一阵敲门声。党超元命小童去看看是怎么回事，小童回道："门外有一女子，年纪十七八岁，容貌倾国倾城，身上还散发着异香。"

于是，党超元邀请女子进门。入座之后，与女子交谈，只觉这女子言谈清晰明理，格调高雅不俗，必定不是人世间的女子。

过了很久，这女子问道："公子您认为我是什么人？"

党超元答道："您莫非是神仙中人？总之必定不是寻常人。"

女子摇头，说道："并不是这样。"

女子又问："公子您知道我今夜来这里，是为了什么事情吗？"

党超元答道："莫非是姑娘你不嫌弃我愚钝浅陋，前来自荐枕席，与我欢好吗？"

女子笑道："并不是这样。我并不是神仙，而是南边坟墓里的妖狐。我学习道术多年，已经快要成仙了。如今我仙业即将修满，愿望都已实现。但还是得按照惯例，请求您给我活命的机会。男女之间的欢爱和快乐，我已经很多年没有想过了，请您不要怀疑我的用心。如果能得到您的同情，我愿意将性命托付给您。"

党超元点头答应。

女子说道："后天，我会死在猎人箭下。明晚就会有猎人路过这里，我希望您能准备好膳食酒水招待他们，他们一定会问您有什么需要的，到时候您就说您的亲友生了病，需要一只腊月的狐狸治病，如果能够得到腊狐的话，你一定会以礼相赠。您如果这样请求猎人的话，他们一定会答应的。给猎人的礼物我已经准备好了，就放在你这里了。"

说完，女子将一束布帛交给了党超元。女子接着说道："您得到了我的尸身之后，请您在晚上将它送到我的洞穴之中。我道业大成之后，一定会报答您的。"交代完这些话，女子就哭泣着离去了。

第二天，党超元卖掉了一些绢布，置办酒肉，准备招待即将到来的客人。傍晚的时候，果然有十个五坊的猎人骑着马前来借宿，党超元殷勤地招待了他们。猎人们互相讨论道："我们是猎人的身份，向来被读书人厌恶，现在党公子对我们如此深情厚谊，我们该怎样报答他呢？"于是，猎人们就去询问党超元有什么需要的。

党超元按照狐女的安排说道："我的亲戚得了疾病，需要腊月的狐狸入药，他的病已经越来越严重了，没有这腊狐是治不好的。"党超元请求猎人道："如果能够得到你们的帮助，我愿意用五束绢布来作为酬劳，给大家买酒喝。"

十个猎人答应了党超元的请求。第二天猎人出门巡猎，往南走了大概一百步的时候，看到一只狐狸围着一座大坟奔跑。猎人们将狐狸包围起来，一箭射杀。猎人高兴地说道："昨晚刚答应党公子给他一只狐狸，今天竟然就抓到了。"猎人们高兴地拿着

狐狸返回，党超元如约拿出五束绢布赠送给了他们。

等猎人们离开后，党超元清洗干净狐狸身上的血迹，将狐狸放置在床上，盖上被子。夜深人静，党超元悄悄抱着狐狸尸身出门，将它放回了洞穴之中，还细心地用土把洞口封住。

七天后的夜里，又传来一阵敲门声。党超元出门查看，发现是之前的狐女又回来了。

党超元将狐女请进屋中，狐女哭着对党超元道谢："我的道业即将圆满，按照规定我应该会死一次，且被人食用。那样的话，我就再也无法复活了。我对您的大恩大德感激不尽，谢谢您保全了我的尸体，还帮助我复活，使我能继续修行得道。您的恩情和劳碌，我无以为报。如今我已脱离凡尘，升仙在望。仙道渺远，我们恐怕再也没有相见的时候了。我这里有药金五十斤，就当作我的谢礼。这药金每两值四十缗钱，在您遇到一个胡人之前，不要拿出来给人看到。"

狐女将金子拿出来交给党超元，再次拜谢。临走前，狐女说道："明天早上太阳初升之时，会有青云从那座大墓中升起，那就是我离开的征兆。人世间的忧愁如同火焰，但可以选择静下心来修习道术，洗涤尘心，达到一念之间，就能获得清净的境界。要努力啊。"

狐女说完这番话后就离开了。第二天，党超元去了狐女居住的墓穴，果然看到一朵青云从中升起，很久之后才散去。再看狐女所赠送的药金，确实是珍奇的宝物。于是，党超元将药金拿到市场贩卖，但是市场上的人出价过低，所以一直没有将药金卖出。

过了几年，忽然有一个胡人到来，对党超元说道："我知道

你有奇妙的金子，希望能看一看。"于是党超元取来药金，给胡人观看。胡人看了之后笑着说道："这是九天液金，您是怎么得到的？"最后，胡人以每两四十缗的价格将药金买走，这些药金最后的去向也不为人所知。

尹纵之

唐宪宗元和四年（809年）八月，尹纵之在中条山西峰修行。每个月色皎洁明亮、风朗气清的夜晚，尹纵之都会弹琴作诗，表示自己的风雅怡情。一天晚上，屋檐下忽然传来一阵脚步声，听上去像是女子走路的声音。尹纵之站在远处问道："走路的是什么人？"

门外回答道："我是山下王家的女儿，住的地方离此处不远。您每次吟诗弹琴的时候，我都认真聆听，感到十分仰慕，您的乐声让我在陋室之中感想万千。我父母管教严格，所以我不敢来到近处聆听。正巧今晚，父母都去参加亲戚家的婚宴，家中只有我一人。听到您的琴声再次响起，所以我借机过来聆听。没想到被您发现了。"

尹纵之听后说道："既然是邻居，以后相见也是常事，为什么不进来坐一坐呢？"于是出门迎接王氏女子。女子向尹纵之行礼，尹纵之回礼之后将她请入屋中，设席坐下。这女子风姿绰约，美丽柔和，只是耳朵略微发黑。尹纵之当即认定，王氏女一定是村中最为美丽的女子。

尹纵之在山中修行，颇为寂寞无聊。有这样一位美貌女子能上门做客，他感到十分高兴，便让仆人摆上茶水瓜果，自己在一旁抚琴取悦女子。

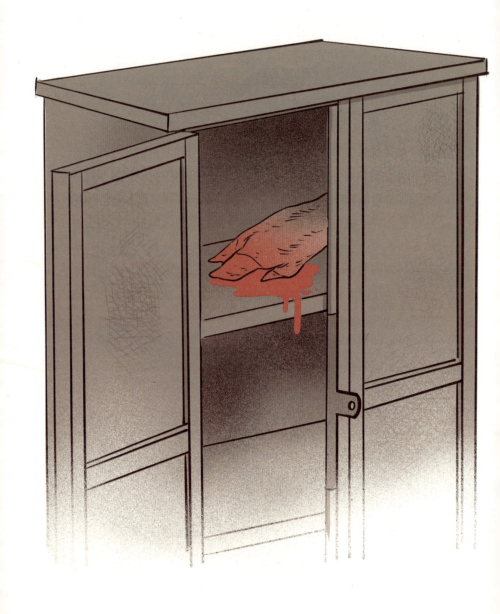

此时夜深人静，琴声清越悠扬，这番情境让女子极为惬意。气氛正好，尹纵之请女子在自己居处过夜，女子推辞道："我在这里过夜，怎么和父母交代呢？"尹纵之说道："去参加婚礼不会晚上回来的，五更天的时候你再偷偷回去，关上门做出一副你一直在家的样子，没有人会知道的。"

女子便笑着同意了。这一晚二人缠绵悱恻、耳鬓厮磨，立下誓言要白头偕老。天快亮了，女子起身穿衣准备回家。尹纵之对女子十分喜爱，担心女子回去之后再不回来，就让女子留下一件物品抵押在他那里。尹纵之一回头，看到床前有女子的青色纹样的毡鞋，便拿了一只锁进柜中，女子哭泣道："我家境贫寒，没有别的鞋子可以穿，只有这一双鞋。你如果留下它，我就只能赤脚回去。到时候父母问起来，我该怎么说呢？即便我父母用棍棒打我，我也会再次回来的，但是没有了鞋子我就没有再次回来的可能了。"

尹纵之还是不听，女子哀求着说道："我父母管教严格，如果知道了我的行为一定会打死我的。难道我们一夜的欢情，竟然要用我的性命来向父母道歉吗？我承诺我会再次回来服侍您，每天晚上父母睡着后我都可以过来，您如果坚持留下鞋子，只会将我害死，这不是想念我的办法。刚才我们还这样恩爱缠绵，您怎么瞬间就舍弃了呢？那些誓言都去哪儿了呢？"

尹纵之依旧不归还鞋子。女子继续哭泣："只要您把鞋子还给我，如果我有一晚上没有来，您就可以去邻居那里宣扬我们的事情。"尹纵之仍是铁石心肠。从五更到天明，女子一直在床前苦苦哀求，好话说尽。

女子越是这样，尹纵之心中越发怀疑。待到天亮，女子必须

回家了，女子哭着说道："是我前世辜负了郎君，今天才会丧命于此吧。但是你的狠心残酷，神明不容，你一生追求文章功名，绝不会成功！"

女子擦干眼泪离开了。尹纵之一夜未眠，此时不免困倦，熟睡过去。待到天色大亮，日头晒到窗户，尹纵之才醒过来。这时，尹纵之闻到床前一阵腥味，起来一看，发现床下都是凝固的血迹，点点滴滴洒向房外。再打开柜子一看，其中哪有毡鞋，竟是一只猪蹄壳！

尹纵之拿着木棍，沿着血迹寻去，一直走到山下王朝家中的猪圈。猪圈中也有血迹，尹纵之仔细观察，发现猪圈中有一只母猪后蹄失去了蹄壳，卧在墙角下，身下一片血泊。母猪看到尹纵之，怒目而视，急忙逃走。尹纵之将昨晚的事情告诉王朝，王朝拿着弓箭追了出去，一箭射出，母猪当即毙命。

后来，尹纵之下山请求他人举荐为官，虽然他名声不错，但始终没有成功。这莫非是辜负了猪的报应？

卢顼表姨

小狗报恩

　　洛州刺史卢顼的表姨，养了一只小狗，名叫花子，卢氏对花子十分疼爱。一天，花子忽然走失，被人打死。

　　又过了几个月，卢氏暴病而亡。到了阴间后，卢氏见到了一位姓李的判官，李判官对她说道："夫人你的阳寿到了，但有人激烈地为你争取求情，所以你又得了十二年的阳寿。"卢氏拜谢离开。

　　卢氏行走在阴间大道上，忽见一座高大气派的府邸，府邸中有一位美人，周围簇拥着十几个婢女。美人走到门后的屏风处，吩咐婢女将卢氏叫过来。美人问卢氏："夫人，你还认识我吗？"

　　卢氏答道："不认识。"

　　美人说道："我是花子呀！您不因为我是一条狗对我轻视，一直对我精心养育。我现在是李判官的妾室，昨天正是我为您求的情。冥司没有答应我的请求，只同意给您增加十二年的寿命，但是我偷偷地将十二年改成了二十年，以报答您的养育之恩。等会儿李判官来了之后，希望您说出您的本名，我会再次求情的。"

　　过了一会儿，李判官来了，坐在一旁有说有笑。花子美人将更改寿数的事情告诉了李判官，李判官正欲责骂，花子说道：

“我受夫人的恩惠，只能以此报答，就这样都只能报答万分之一呢。我想这件事情对您来说不是什么难事。”

李判官高兴地说道：“这事情虽然不好处理，不过你这么诚心请求，我就答应你。”于是花子美人和卢氏告别，临别时花子说道：“拜托您收殓一下我的尸骨，将我埋葬。我的尸骨在履信坊街的北墙之下，我被人丢弃在粪坑中了。”

卢氏醒后，按照花子所说的地方去查找，果然找到了花子的尸骨。卢氏就用埋葬女儿的标准埋葬了花子。事情办成后，花子向卢氏托梦表达谢意。后来，卢氏又多活了二十年才过世。

狐诵通天经

狐狸读天书

裴仲元家住鄂北，因为追逐一只兔子误入一座大坟。进入坟中，见到一只狐狸倚靠在棺材上读书。裴仲元用东西向狐狸掷去，但没有击中。狐狸急忙逃跑，裴仲元过去捡起了狐狸正在看的书。回到家后，裴仲元翻看这本书，发现书上的字都不认识。

忽然，有一位自称胡秀才的客人请求相见。胡秀才自称字行周，是那坟墓中读书的狐狸。裴仲元问道："那本书是什么样的书？"

胡秀才回答道："那本书是《通天经》，不是人间的人可以阅读学习的，你就算拿了也没有用，我愿意用百金赎回。"裴仲元不肯答应，胡秀才又说道："我愿意用一千镒金赎回。"裴仲元依然不肯，胡秀才大怒，拂衣而去。

后来，又来一人。这人是裴仲元的妻子的兄长韦端士，韦端士已死去多时。韦端士对裴仲元说："我听说你猎兔子的时候得了一本书，我认识上面的字。"

裴仲元拿来《通天经》，递给韦端士翻阅。韦端士拿了书，说道："我是来替胡秀才取书的。"说完就消失了。

不久之后，裴仲元也去世了。

薛 伟

人变为鱼险被吃

　　唐肃宗乾元年间，薛伟在蜀州青城县担任主簿，县丞邹滂和县尉雷济、裴寮也在青城县任职。这一年的秋天，薛伟病了七日，奄奄一息仿若死人，身边的人在他身边呼唤他也没有反应，但他心头还有一点儿暖意。

　　薛伟的家人不忍心将他下葬，一直守在他的身边。大约过了二十天，薛伟忽然长叹一声坐了起来，薛伟对家人说道："我不知道人间现在是什么时日了。"家人告诉他："离你失去知觉已经二十天了。"

　　薛伟吩咐仆人道："你们立即去我的同事家中，看看他们是不是正在吃鱼。见了他们后告诉他们我已经醒过来了，我这里有一件非常奇怪的事情要告诉他们，并请他们先不要吃饭，过来听我述说。"

　　仆人立即去找了那些官员，这些官员果真在吃鱼。仆人转达了薛伟的话，这些人放下筷子赶往薛伟家中。等人到了后，薛伟问他们："你们是不是让司户的仆人张弼去找的鱼？"众人回答说是。

　　薛伟又问张弼："你去找鱼的时候，渔父赵干是不是把大鱼藏了起来，用小鱼来打发你？后来你在芦苇丛中找到了被渔父藏起来的大鱼，就带着大鱼回来了？你正要入城，便看见了司户吏坐在城门东边，纠曹吏坐在门西，二人正在下棋。你进了城门上了台阶，又看见邹滂、雷济在玩博戏（博，六博，古代棋类），裴寮在一旁吃桃。你和他们说起赵干藏鱼的故事，裴寮让你打渔父五鞭。你又把鱼交给了厨子王士良，他高兴得杀了鱼。我说得对不对？"

薛伟把这些问题一一问了，张弼回答得和薛伟说得一模一样。众人都很惊奇，问道："这些事情你是怎么知道的？"

薛伟回答道："你们刚才杀的那条鲤鱼，就是我。"众人大惊，让薛伟详细说说这件事。

薛伟说道："我刚生病时，全身发热不能忍受。我心烦意乱，一时之间忘记了自己正在生病，只是厌恶身上发热，希望能凉爽一下。我拄着拐杖离开了家，这时我还不知道自己是在梦中。我走出县城之后，心中舒爽不已，就好像笼中飞鸟、槛中野兽重获自由一样。我又进入了山中，山中也渐渐变得烦闷，于是我下山来到了江畔，见到江水澄澈明净，水波不兴，秋景也十分优美，突然就生出了下水沐浴的心思。

"我脱掉衣服跳入水中，我自幼就喜欢游泳，长大之后却再也没有游过，这下也是满足了我一直以来的心愿。我有感而发，说道：'人在水里终究不像鱼一样游得畅快，要怎样我才能像一条鱼一样随心所欲地游水呢？'这时，我身边的一条鱼说道：'你要是愿意的话，让你变成一条鱼都很容易，何况是暂时做鱼呢？'说完，这条鱼就游走了。不久之后，一个身高数尺，人身鱼头的人骑着大鲵游了过来，后来还有几十条鱼跟随。他宣读了河伯的诏书，诏书说：

"城市里居住和在水中生活，就像浮沉一样是不同的。一个

人如果不是真心喜爱水中，是学不会游泳的。薛主簿真心喜欢游泳，能在游泳中感受到旷达快乐。你既然喜欢河水的浩瀚无边，想遨游于江海之中，又满足于山水之乐，视身外之物如虚幻，想要暂时地变成鳞鱼，却又不完全变成鱼。那么，就让你暂时化作东潭里的红鲤鱼。这条红鲤鱼曾经仗着水浪撞翻船只，在阴间也犯下过错，还曾被鱼饵所诱惑，在人间受到伤害。你可不要像它一样失了操守，给同类带来耻辱。你要多加努力。'这番旨意传达之后，我就变成了一条红鲤鱼。于是我纵情于水中，三江五湖我都游遍了，但是每天晚上我都需要返回东潭。

"渐渐地，我开始感觉到饥饿，就顺着船游去。忽然，我见到赵干正在钓鱼，鱼饵传来一阵香味。我虽然知道那是鱼饵，心中也知道要警戒，但还是不自觉地向鱼饵游去。我对自己说，我是人，我只是暂时变成鱼而已，难道就要去吃了鱼饵吗？于是我就游走了。过了一会儿，我实在是饥饿，心中想到，我大小是个官员，即便变成了鱼也是官员。即便我因为吃鱼饵被钓了上去，赵干也不会杀我，还会将我送回县里。就这样，我被赵干钓了起来。我对赵干连声呼唤，赵干置之不理，还用绳子穿过我的鳃，将我放在芦苇丛中。过了一会儿，我看到张弼来了，他说裴少府要买鱼，请他给一条大鱼。赵干却说他没有钓到大鱼，只有小鱼。但张弼不依，还在芦苇丛中发现了我变成的那条鱼，就将我拿走了。

"我对张弼说：'我是你们的主簿，只是变成鱼在水中游玩而已，为什么对我如此无礼？'但张弼根本听不到我说话。我不停地咒骂，张弼也不为所动。快要进城时，我看见县吏在门口下棋，我大声呼唤，却无人搭理，他们只是笑着说：'好大一条

鱼，怕是有三四斤重。'过一会儿，张弼上了台阶，我又看到邹
溁、雷济在玩博戏，裴寮在吃桃子，他们再次说了鱼大，还让张
弼将我交给厨子。张弼对你们说起了渔父藏鱼的事情。裴寮很愤
怒，说要给渔父五鞭。我对你们大声说：'我们都是同僚，你们
就没有一点儿仁爱之心吗？'

"我大声哭泣，你们三位却对我视若无睹，还将我交给了厨
子王士良。王士良磨刀霍霍，将我扔在案板之上，我惊慌地说
道：'王士良！你是我熟悉的厨子，为什么要杀害我？为什么不
肯带着我去和别人说清楚？'王士良毫无反应，像是没有听到一
般，手起刀落将我的头砍了。鱼头刚被砍下，我的身体就苏醒了
过来。因此，我赶紧将大家叫了过来。"

这些官员们听了之后，都大惊失色，心生不忍。细细回忆，
钓鱼的赵干，拿鱼的张弼，下棋的小吏，还有台阶上的三位同
事，他们都看到这条鱼的嘴巴一张一合，但实在是没有听到任何
声音。

于是，这三位同僚将鱼肉扔掉，此后，终身不再吃鱼。薛伟
的病也痊愈了，后来做到了华阳县的县丞。

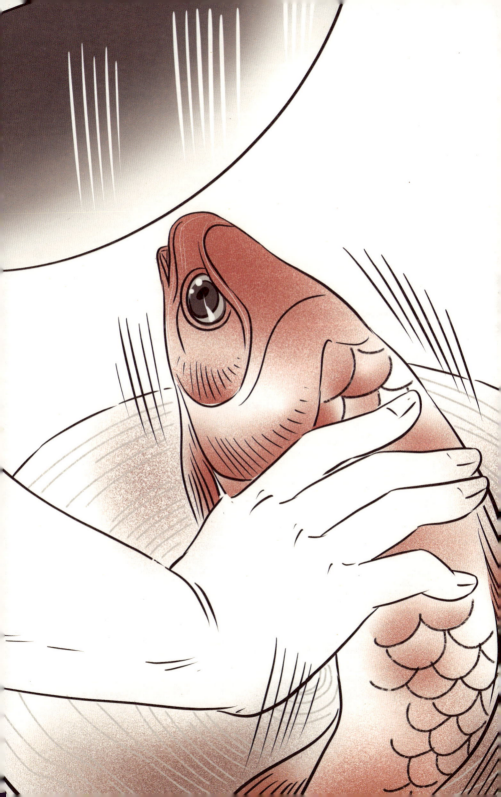

苏州客

乞丐为龙送信

　　唐代宗大历年间，洛阳人刘贯词在苏州乞讨。这日，刘贯词遇到了一位叫蔡霞的秀才。这秀才样貌俊秀，气质高雅，但他见到刘贯词后态度却十分殷勤，称呼刘贯词为兄长。

　　接着，蔡霞又带着羊肉和酒来招呼刘贯词，酒席快要结束的时候，蔡霞问道："兄长你这样漂泊江湖，是为了什么呢？"刘贯词说："不过是乞讨罢了。"

　　蔡霞又问："兄长可有什么目的地？"

　　刘贯词答道："并没有，不过是和蓬草一样，飘到哪里就是哪里。"

　　蔡霞继续问道："那兄长要讨到多少钱财，才会结束这种生活呢？"

　　刘贯词说："十万钱财。"

　　蔡霞道："你像蓬草一样漫无目的地乞讨，想要得到十万钱财是不可能的，这就好比没有翅膀却想要飞行一样。即便真能讨到十万钱，那也得花很长的时间。我家住洛阳，家中条件尚可，因为一些原因我远走他乡，和家中通信断绝。我想拜托兄长为我传递信息，希望兄长能去一趟洛阳，途中的花费和十万报酬，用不了多久都会得到。兄长意下如何？"

　　刘贯词应道："乐意之至。"

于是，蔡霞就给了刘贯词一笔盘缠，写了一封信让他带去。蔡霞说道："在旅途之中能得到您的帮助，我很感激，我就向兄长说明真相，来表示我的诚意吧。其实，我们一家人都是龙，住在渭桥下。您到了那里之后，闭上眼睛敲打桥柱，就会有人出来应答。他们会邀请你进门，如果我的母亲要见您，您一定要请求与我的小妹相见。你我二人已经是兄弟了，情谊密切，我也会在信中写明让我小妹出来相见。我妹妹虽然年幼，但她颇为聪慧，我如果请她帮助，让她作为主人赠送你一百缗钱，她一定不会不履行的。"

刘贯词知道这些信息后，就前去了洛阳。到了洛阳渭桥，只见下方的潭水深不见底，清澈明净。刘贯词心中疑惑，该用什么方法进入水中。很久之后，刘贯词觉得龙神应该不会欺骗他，就按照蔡霞所说，闭上眼睛敲打桥柱。

手上刚停，刘贯词就听到有人应答。再睁眼，渭桥和潭水都已消失不见，只有一朱门府邸出现，又有楼台各有参差错落，一个紫衣人拱着手站在门前，询问刘贯词的来意。

刘贯词说道："我从南郡前来，带来了你们家郎君的书信。"紫衣人拿着信进了屋中，很快就再次出来，说道："太夫人在里面恭候。"

进入厅中，见到太夫人。这太夫人年纪看上去四十岁左右，穿的也是紫色衣服，容貌美丽。刘贯词对太夫人行礼，太夫人回礼后感谢道："我的儿子出门远游，已经很久没有消息了。感谢您不辞劳苦，千里传信。我儿子得罪了上级，心中怨恨难消，因此离家出走，三年来一点儿消息都没有。如果不是您送信过来，我还不知道要有多忧心。"说完，太夫人请刘贯词入座。

刘贯词说道："我与令郎情同兄弟，他的妹妹自然也是我的妹妹，理应和妹妹相见。"太夫人说："我儿子在信中也这样说。我女儿梳妆后就会出来见您。"

过了一会儿，一位婢女出来禀告："小娘子出来了。"

小娘子十五六岁，容貌堪称绝色，善于言辞，聪慧过人。二人见过之后，一同入座。婢女端上了食物酒水，看起来都非常干净精美。吃饭途中，太夫人忽然眼珠发红，直勾勾地盯着刘贯词，小娘子急忙说道："这是哥哥派来的人，应当以礼相待，何况我们还指望他消除祸患，您可不要动摇。"

小娘子又对刘贯词说道："兄长在书信中说了您的情况，让我赠与您一百缗钱。一百缗钱您难以携带，我就给您换成同等价值，但是方便携带的东西如何？"

刘贯词说道："我们已经是兄弟了，哪有再要酬劳的道理。"

太夫人这时说道："您的贫困和漂泊，我儿子已经说明了。如今我们履行诺言，您千万不要推辞。"说完便命人取了一个碗过来。三人继续吃饭，没过一会儿，太夫人的眼睛再次发红，口水顺着嘴角流下。小娘子急忙捂住太夫人的嘴巴，说道："哥哥诚意请了人来，实在不该这样。"又对刘贯词说道："母亲年事已高，风疾发作，实在不能奉陪了。兄长您先出去吧。"

小娘子神色间十分害怕的样子，命一婢女拿了碗过来，说道："这是镇国碗，罽宾（西域国名）国用它来镇压灾祸鬼疾病。唐朝人得了这碗后，却派不上用场。如果有人愿意用十万钱来交换它，您就将他卖掉。如果价格没有超过十万，千万不要出手。母亲有病在身，我需要服侍左右，就不亲自送您了。"说完后再行一礼，转身回屋去了。

刘贯词带着碗走了数百步，再一回头，眼前又是渭桥和潭水，和他初到这里是一般景象，再看手中拿的镇国碗，看上去不过是一个普通的黄碗，只值三五铜钱，刘贯词怀疑龙小妹吹嘘了这碗的价值。他拿着黄碗来到市集变卖，有人出价七八百钱，也有人出价五百钱，但刘贯词考虑到龙神应该具备诚实守信的品格，不会欺骗他，就没有将碗以这样的价格卖出去，而是继续日日拿着黄碗在市集叫卖。

　　过了一年，西市忽然来了一个胡人。胡人细看了刘贯词的黄碗后十分惊喜，问刘贯词出价多少。刘贯词答道："出价二百缗。"

　　胡人说："这黄碗很值钱，价值远超二百缗。不过这碗并非唐国的宝物，在唐国拿着也没有作用，不如就一百缗卖给我吧？"

　　刘贯词思考了一下，认为和龙女当初约定的价格就是一百缗，没必要赚取额外的钱财，就答应了胡人。

交接完毕之后，胡人说道："自从这个碗丢失后，罽宾国就闹了饥荒，战争不断。我听说这碗被龙子偷窃已有四年，罽宾国的国君愿意用他们国家半年的税赋来赎回这只碗，请问您是怎么得到这只碗的？"

刘贯词将自己受龙子所托，最后得赠镇国碗的事情如实告知了胡人。胡人说道："守护罽宾国的龙，正因镇国碗失窃一事上诉，上级正在追查此事，这就是蔡霞远走他乡的原因。阴间的官吏严厉，蔡霞不敢去自首，所以就请你为他送信。他非让你见她妹妹，并不是因为亲厚，而是怕他的母亲因为贪吃吃了你，特意让她妹妹出来保护你。这个镇国碗拿走后，蔡霞应该就会返回来了，这也是他消除祸事的一个办法。大概再过五十天，洛河会波涛翻滚，水声大作一整日，那就是蔡霞回来了。"

刘贯词问道："为什么一定是五十天他才会回来呢？"

胡人回答道："我把碗带过山岭需要五十天，那时候他才敢回来。"刘贯词记下了胡人的话，五十日之后去洛河一看，景象果然与胡人说的一样。

张 逢

人变为食人猛虎

　　南阳人张逢，唐德宗贞元年间时，为了微薄的俸禄前往岭南任职，到了福州福唐县地界，暂时歇息在横山的旅店中。当时是傍晚时分，雨后初晴，四周景色明媚可人，山间还有烟雾缭绕，张逢有了兴致，就拄着拐杖前往寻访美景，不知不觉就走远了。

　　忽然，张逢的眼前出现一片草地，长宽一百步左右，看上去鲜亮碧绿，惹人喜欢。草地旁边有一棵小树，张逢便脱掉外衣挂在树上，把拐杖倚靠在树旁，自己则躺在草地之上左右翻滚。张逢觉得非常愉快，就和野兽翻滚踩踏一样畅爽，心满意足后，张逢站起身来，却发现自己竟然变成了一只老虎！

　　老虎身上的斑纹绚烂美丽，牙齿和爪子都极为锋利，张逢感觉自身充满了力量，天下无敌。张逢一跃而起，越过山川沟壑，速度如同闪电一般。夜深了，张逢感觉到饥饿，就沿着村边慢慢行走，但却没有碰到任何猪、马、牛、羊之类可供食用的牲畜。张逢饿得恍惚，心中忽然响起一个声音——应该吃掉福州的郑录事。

　　于是，张逢就在路边躲藏起来。没过多久，就有一个人从南边过来，这人正是前来迎接郑录事的小吏。小吏看到前方来人，上前问道："福州的郑录事，名叫郑璠，依照行程他应该住在前面的旅店，请问他大概什么时候到呢？"

来的这个人说道：“郑录事是我家主人，他正在整理行装，过不了多久就会到这里。”

小吏又问道：“郑录事一人前来，还是有人跟随？我迎拜的时候，可千万别弄错了对象。”

郑录事的仆人回道：“来的人有许多，其中一个穿着绿色衣裳的就是我的主人。”

张逢趴在路旁，将二人的对话听得一清二楚，这个小吏的问话就好像在替自己问一般。张逢知道了郑录事的行迹，就蜷着身子在路旁等候。不一会儿，郑录事一行人就到了，身边跟着许多随从。张逢找到了穿绿色衣服的人，这人很胖，走路昂首挺胸，应该就是郑录事。待郑录事走过，张逢从路边跃出，叼着他跑上山去。

当时天色未亮，众人不敢追赶。于是张逢毫无阻碍地将郑录事吃掉了，只剩下些头发和肠子。吃饱后，张逢行走在山中，忽然觉悟到：“我本来是个人啊，做老虎有什么快乐的，不过是山间的囚徒罢了。我要找到当初我变成老虎的地方，看看能否再变回人。”

于是，张逢四处寻找，天黑之后终于找到了那片草地，他的衣服仍挂在树上，拐杖也还在树旁，绿草可爱一如昨日。张逢躺在草地上翻滚，心满意足地起身，这时他果真变回了人。张逢取下衣服重新穿上，拿着拐杖返回旅店。

张逢昨日傍晚出门，今日傍晚才回来，整整消失了一天。起初，张逢的仆人发现他不见了，惊慌失措到处寻找，但是了无踪迹。等到张逢回来，仆人们又惊又喜，问他发生了什么事，张逢欺骗他们道：“我去寻找山泉，偶然间到了一座寺庙，我与寺中

的和尚谈论佛理，不知不觉就过了一天。"

旅店的店家说道："今天早上路过这里的郑录事被老虎吃了，连尸体都没有找到。山间野兽众多，单独出行很危险，我们还担心您也遇见老虎，出了什么意外。"虚惊一场后，张逢带着仆人继续前行。

唐宪宗元和六年（811年），张逢到了淮阳，住在淮阳公馆中。这天，馆吏设宴招待客人，客人中行酒令的人说道："等下酒令行到谁那里，谁就要讲讲自己遇到的奇异事件。如果事情不够奇异的话，那就要受罚。"

轮到张逢的时候，张逢就把自己在横山变成虎食人的事情说了。正巧，宴席末座上有一个人叫郑遐，此人正是郑录事的儿子。郑遐怒目而起，拿着刀要杀张逢，为父报仇。众人将两人隔开，郑遐怒气难消，就把张逢化虎食人的事情告到了郡守那里。郡守将郑遐送往淮南，叮嘱渡口的官吏不得让郑遐返回。张逢则往西边逃去，隐姓埋名以躲避郑遐的追杀。

知道这件事的人都议论说："杀父之仇，不可不报。但是张逢并非故意杀人，如果郑遐杀了张逢的话，他也会触犯律法获罪的。"张逢逃走后，郑遐也没有再去复仇。

驴　言

老驴开口

长安有个叫张高的人，靠在市场上贩卖，赚取了百万家产。他有一头驴，已经养了很多年了。

唐宪宗元和十二年（817年）的八月，张高去世。张高去世十三日之后，张高的妻子让儿子张和骑驴去郊外，置办招待僧人的器具。出了里门之后，这驴就不肯行走了。张和一拍打这驴，驴就卧在地上，张和便骑在驴身上用鞭子抽打它。

谁知，这驴竟然开口说话："你为什么用鞭子抽打我？"

张和大为震惊，说道："我家用两万钱买了你，你不行走，我还打不得你吗？"

驴说道："还好意思说两万钱！你怎么不说你父亲骑我骑了二十年呢。我今天告诉你，人道、兽道是相辅相成的，就像车轮一样，没有开始和结束，只有循环。我前世欠了你父亲的劳力，今生就变成驴来偿还他。这段时间，你饲养我也很丰厚，昨晚你父亲来和我算了账务，我现在还欠你们家一缗半的钱。你父亲要骑我，我不能推辞。但是我没欠你什么，你要来骑我，我是不同意的。你如果一定要骑我，那么将来总有我骑在你身上的一天，你和我这样互相骑来骑去，什么时候才是个头！我的身体，价值不止一万钱。我现在还欠你一缗半的钱，你带我出去卖了也不过得到些钱财。但是那些买了我的人，却无法真正拥有我，因为他

们和我并没有因果。麸行有个王胡子，他还欠我二缗钱，我却不欠他家的劳力，你把我卖给他，他会给你二缗的钱，一缗半用来归还于你，剩下半缗就作为我的口粮费用。然后，我就能结束我作为驴的一生了。"

张和把驴牵回家中，将刚才发生的事情告诉了母亲。他母亲哭着说道："这些年来，你确实非常辛苦。一缗半的钱没有什么好可惜的，我们愿意放弃你所欠的债务，一直喂养你，让你能够长久地活下去，你觉得怎么样？"

驴却不同意她的请求。

张和母亲说道："真的要卖了你换钱吗？"驴点了点头。

于是，张家便着手将驴卖掉。买驴的人愿意给的钱不超过一缗半，最后还不敢买驴。张和又把驴牵到西市，遇见了一个胡子很长的人，这人愿意用二缗的钱购买这头驴。张和问他的姓名，这人说自己姓王。

这天之后，一连下了很多天的雨。天气放晴后，张和偷偷让人去打探驴的情况，却发现驴已经死了。而这个王胡子，都还没有骑过这头驴一次。驴曾经说过，王胡子与它两不相欠，这话得到了证明。

李　靖

李靖代龙行雨

　　唐代卫国公李靖，年轻的时候曾经在霍山打猎，吃住都在山中。山中老人认为他是个奇人，总是送给他丰厚的礼物，年头越久送得越多。这天，李靖在山中打猎时遇到一群鹿，于是追逐而去。到了傍晚时分，想要舍弃这些鹿返回，但是又心有不甘。

　　过了一会儿，天色变得晦暗，李靖迷失在山中，茫然不知所措，只能失意地随处行走，又困又烦。忽然，他看到远处有灯光，于是骑马过去。到了灯光传来的地方，只见这里是一座朱门府邸，墙宇高大气派。李靖敲了许久的门，才有仆人出来。

　　李靖告诉来人自己迷路不能回家的事情，请求借宿。仆人说道："我家的郎君都出门去了，家中只有太夫人在，应该是不能借宿的。"李靖说道："请您替我向太夫人禀明情况。"于是仆人进屋向太夫人回禀，很快就返回，告诉李靖："太夫人一开始是不肯答应的，但是想到天色昏暗，你又迷路在山中，只能做个东道主招待你了。"于是邀请李靖进入厅中。

　　过了一会儿，一个青衣婢女出来说道："太夫人来了。"只见这太夫人年纪五十岁左右，穿着青色裙子素色上衣，仪态气质高雅，仿佛是士大夫一般。李靖上前见礼，太夫人回礼后说道："我儿子们都不在家，本来不便留你的，但是想到天色晦暗，你又无法回家，如果不收留你的话，你该如何是好。我们是居住在山野之间，晚上如果我儿子回来可能发出声音吵到你，你千万不要害怕。"

李靖忙说不会。

太夫人吩咐人摆上食物，这些食物都很鲜美，其中以鱼居多。吃完饭后，太夫人回到屋中，命两个青衣婢女给李靖送来床席和被褥，这床席和被褥都非常干净，散发着美妙的气味，婢女铺好床后就离开了。李靖想到，在山野之中，晚上怎么会吵闹呢？心中感到惧怕，不敢安睡，端坐着聆听屋外的动静。

夜半时分，李靖听到外面传来一阵急促的敲门声，又听一人说道："上天的符令下来了，命令公子行云布雨，范围是山周围七里，在五更时要降足。不得拖延迟缓，也不能造成水灾。"接受符令的人拿着符令去找太夫人，太夫人为难道："我两个儿子都没有回来，但是行雨的命令已经下来了，不能延误，如果违背了命令是要受责罚的。纵然现在让人去通知他们，也来不及了，但也没有让仆人去做布雨的事的道理，现在该怎么办呢？"

一个青衣婢女说道："我看今天来的那位郎君，并非常人，或许可以请他帮忙。"

太夫人闻言一喜，亲自去敲李靖的屋门，问道："郎君休息了吗？能否出来相见。"李靖应声出门。

太夫人对李靖说道："我这里并不是人的居所，而是龙的住宅。我的儿子去了东海参加婚礼，小儿子给她妹妹送行去了。刚刚我们接到上天的符令，要求等下就得降雨。我算了一下我两个儿子回来的路程，有万里之遥，实在是来不及通知他们，很快就要到降雨的时辰了，能劳烦你代替我儿子去降雨吗？"

李靖说道："我只是一个凡人，没有腾云驾雾的本事，怎样才能降雨呢？如果你有办法可以教给我的话，我一定唯命是从。"

太夫人说道："如果按照我的方法做，一定不会有问题的。"太夫人叫来一个童仆，吩咐道："给青骢马套好马鞍。"又命人取来雨器，这雨器竟然是一个小瓶子。

太夫人将雨瓶系在马脖子上，对李靖严肃地说道："您等下就骑在马上，但不要勒马的缰绳，让马自己行走。当马奔跑嘶鸣的时候，你就从雨瓶中取一滴水，滴在马的鬃毛上，千万不要滴多了。"

李靖骑上青骢马，按照太夫人所说，由青骢马自己行走。青骢马越走越高，但是非常稳当，很快就来到了云间。此时大风如箭，雷霆就在脚下。李靖任由马儿奔跑，取出雨水滴下。很快，电闪雷鸣，乌云散开，李靖看到了自己居住的那座村庄，李靖想道："我打扰这座村庄很久了，一直受他们的照顾，无以为报。这里干旱很久了，庄稼都快枯死，现在雨水就在我的手中，有什么好可惜的。"

李靖认为一滴雨水不足够，于是就一连滴了二十滴在居住的村庄。过了一会儿，下完了雨，李靖骑着马返回。太夫人在大厅中哭泣着说道："怎么发生了这么严重的错误？本来滴一滴水就够了，为什么私自滴了二十滴！天上一滴雨水相当于人间一尺厚的雨水，你滴了那么多，哪里还有人能活！我现在已经受了惩罚，挨了八十杖。"

说完，太夫人露出自己的背部，上面布满了血痕。太夫人又道："现在我儿子已经被连坐，该怎么办？"李靖又惭愧又害怕，不知道该怎么回答。

太夫人又说道："你毕竟是俗世的人，不懂云雨的变化之道，我也不怪你。只是担心其他龙来这里会吓到你，你应该速速离去。毕竟昨晚的事情麻烦了你，我久居山中，没有什么可以报答你的，就赠送你两个奴仆吧。你可以两个奴仆都要，也可以只选择他们中的一个。"

太夫人叫了两个奴仆出来：一个奴仆从东廊走出，神态容貌看上去都很和气，令人舒适；一个奴仆从西廊走出，看起来非常愤怒凶狠。李靖心想："我以打猎为生，以凶猛恶斗为职业。如果选择那个面貌和气的，大家会以为我胆怯好欺负。"于是说道："我不敢两个人都领取，承蒙夫人赐予，我选择那位面带怒容的。"

太夫人笑道："这就是你的志向了。"

接着，李靖与太夫人告别，带着怒气冲冲的奴仆离开了。出门走了数步，回头看去却看不到那座宅院，李靖想询问带出来的奴仆，这个奴仆也消失了，李靖独自找寻道路返回，天亮后到了居住的村庄，只见大水漫延，一眼看不到尽头，树木也只有树梢露出水面，也没有人的痕迹。

后来，李靖掌握兵权，平定贼寇叛乱，功劳冠盖天下，却始终没有当上宰相。这或许是因为他选择了那位凶恶的奴仆的结果。人们都说，关东出宰相，关西出将军。太夫人赠予的那两个奴仆，一个从东边出来，一个从西边出来，莫非就表达了出将入相的含义？那两个人之所以称作奴，应该就是臣子的象征。假如当初李靖选择了两个奴仆，那他应该就不只是将军，还会是宰相。

叶令女

猛虎掳人续前缘

　　汝州叶县的县令卢造，有一个女儿。唐代宗大历年间，卢造对同县的郑楚说："将来我女儿长大了，我就将我的女儿嫁给你的儿子郑元方。"郑楚答应了，对卢造表示感谢。

　　不久之后，郑楚被调任为潭州军事，而卢造为官期满，退休之后就留在了叶县。后来，郑楚去世。郑元方护送父亲的棺柩返乡，居住在江陵。从此之后，两家人就失去联系，没有了来往。

　　卢造女儿长大后，卢造准备将女儿嫁给叶县县令韦计的儿子。快要准备婚礼的时候，郑元方恰巧来到了叶县。当时，武昌县戍边的士兵们驻扎在叶县，这让叶县变得非常拥挤，很难找到居住的地方。正巧当天天降暴雨，郑元方实在找不到地方居住，就到了县城外面十二里的寺庙中过夜。

　　夜间，寺庙西北角忽然发出野兽呼唤的声音，郑元方举着火把前去查看，发现角落中竟然有三只小老虎。这三只老虎尚是幼崽，眼睛都还未睁开，对人没有威胁。郑元方心中怜悯就没有伤害他们，只是将自己住的地方的门关得更紧了。

　　大约三更时分，门外忽然来了一只大老虎，老虎反复地撞击门，始终不能进入。郑元方屋子西边有一扇窗户，老虎便来到窗户旁边，用力扑入。不过这窗户十分坚固，老虎只撞断了一些木

条，自己的头却卡在了窗户中，进出不得。

郑元方拿起佛塔上的石砖，用力击打老虎，老虎吃痛，怒吼着挣扎，却始终不能挣脱。就这样，郑元方连续猛击老虎，终于将老虎打死了。

过了一会儿，郑元方听到门外传来女子的呻吟声，听上去气若游丝，于是他问道："门外呻吟的人，是人是鬼？"门外女子答道："是人。"

郑元方又问道："你为什么会出现在这里？"

女子答道："妾身是前任县令卢造的女儿，今晚本来要与韦氏成亲的，可是刚刚出门就被老虎裹挟走了，老虎背着我一路来到此地。现在我虽然没有受伤，但是我很害怕老虎再次过来，您能救救我吗？"

郑元方对卢氏女说的话感到很惊奇，拿着蜡烛出门一看，只见卢氏女确实是官家女子打扮，年纪十七八岁的样子，穿着整齐的礼服，身上沾染了些泥水。郑元方扶着卢氏女进入房间，重新将门锁好。

卢氏女问道："这里是什么地方？"

郑元方答道："这里是县城东边的寺庙。"接着，郑元方自我介绍了一番，提起了曾经两家相约结亲的承诺。卢氏女也记得以前的事情，说道："我的父亲曾经许诺将我嫁给你，后来两家失去了联系，所以才将我嫁给韦氏。如今看来，嫁给您应该是天意，就连老虎都要将我捉到您的身边。我家离这里很近，您将我送回去，我将回绝掉韦家的亲事，然后嫁给您。"

待到天亮，郑元方将卢氏女送回家中。家中以为卢氏女命丧虎口，这时正在做丧服。看到卢氏女平安归来，家人们都十分欢喜。郑元方将打死的老虎送到县府，详细说明了昨天晚上的事情。县令对他说的事情十分诧异，便让卢氏女嫁给了郑元方。

当时听说这件事情的人，就没有不惊讶感叹的。

玄怪录 一

草木器物类

滕庭俊

苍蝇精与扫帚精

　　唐睿宗文明元年间，毗陵郡掾（掾，属官）滕庭俊，患热病多年。每次发病全身就如同火烧一般，发热数日后才会缓解。滕庭俊看了很多医生，都不能医治他的怪病。后来，滕庭俊前往洛阳听候调令，路过荥阳西边四十五里时，天色已经暗了下来，但还没有到达驿站，只能投宿在路旁的一户人家。

　　这户人家的主人出门未归，滕庭俊百无聊赖，吟了一句诗："为客多苦辛，日暮无主人。"话音刚落，就有一个鬓发稀疏、衣衫褴褛的老人家从屋子西边走了出来，老人对滕庭俊说道："我虽然不理解您诗句的意思，但是我非常喜爱诗词文章。刚才我正在与我的朋友和且耶进行诗词联句，听到您念的'为客多苦辛，日暮无主人'这句，即便是曹丕的'客子常畏人'也不能与之相比啊！我与和且耶都是这户人家的门客，我们虽然贫穷，但也有一些酒食，想请您过去食用，畅谈一番。"

　　滕庭俊感到十分诧异，问道："老人家您住在哪里？"

　　老人回答道："我是豪门之家的门客，姓麻，名束禾，排行老大，您可以称呼我为麻大。"

　　滕庭俊觉得失礼，连忙向麻大道歉，与麻大一同绕过堂屋西角，进了一扇门。只见这门内装点得非常华丽，屋中已经备好了酒食。麻大作揖，请滕庭俊坐下，过了一会儿从门里又进来了

一个客人。麻大对滕庭俊说道："这就是我刚才所说的朋友，和且耶。"

滕庭俊连忙起身行礼，坐下之后对麻大说道："刚才二位联句，是否已经成诗了？"

听到问话，麻大写下了自己刚才联句的题目——《同在浑平原门》。这首诗麻大已经完成四句，诗的内容：

自与浑家邻，馨香遂满身。

无关好清净，又用去灰尘。

且和耶沉默了好一会儿，说道："我写的是七言诗，和你的韵脚也不相同，该怎么办呢？"

麻大回道："没有，这样你我自成一章，也还不错。"

于是，和且耶吟出了自己的诗：

冬日每去依烟火，春至还归养子孙。

曾向苻王笔端坐，尔来求食浑家门。

滕庭俊没听懂二人诗里的机锋，他见此处布置豪华，就想在这里休息，于是写了一首诗来吹捧二人，诗的内容：

田文称好客，凡养几多人？

如使冯谖在，今希厕下门。

麻大二人看了此诗后哈哈大笑，说道："你不必讥讽我们了，如果是您在豪门之家当门客，您是完全不愁吃喝的。"于是又斟满酒，喝了十巡。

直到这户人家的主人归来，看到客人不在，吩咐家人前来邀请滕庭俊，滕庭俊才恍然惊醒，起身后发现，屋子内哪有麻大、和且耶二人！只有一只大苍蝇和一把快秃了的扫帚而已。

经过此事之后，滕庭俊那无药可医的热病，竟然痊愈了。

元无有

唐肃宗宝应年间，一个名叫元无有的人，在二月末独自行走在扬州的郊外。天色渐晚，不巧又赶上风雨大作。当时正是兵荒马乱的世道，很多人都逃窜四方，因此到处都有闲置的房屋，于是元无有就进了路旁的一个空庄避雨。

过了一会儿，大雨停歇，天色也渐渐明朗，月亮升起悬在天边。元无有本在宅子北边的里屋休息，忽然之间听到西边的回廊上传来人行走的声音。不一会儿，这几个人到了堂屋之中，共有四人，衣冠打扮都不相同，言谈之间非常和谐，他们互相吟咏，极为欢畅。其中一人说道："今晚的天气如同秋夜一般，又有这清风明月，不如我们这些朋友一起来作诗，抒发自己平生的志向吧！"

接下来四人就开始作诗词的联句。这些人的声音清朗嘹亮，元无有将他们的对话听得分外清楚。一个个子高的人先行开始，只听他吟道："齐纨鲁缟如霜雪，嘹亮高声为予发。"

一个穿着黑衣、戴着黑帽，身材矮小、面目丑陋的人吟了第二句："嘉宾长夜清会时，辉煌灯烛我能持。"

一个身着破烂黄衣，戴着帽子，身形亦矮小的人接了第三句："清冷之泉诶朝汲，桑绠相牵常出入。"

一个身着黑衣黑帽、身材矮小、面貌丑陋的人念出了第四

句："爨薪贮水常煎熬，充他口腹我为劳。"

元无有在一旁窥视，并不觉得这四个人有什么奇异之处，而这四人也没想到，元无有暗中将他们的行为看得一清二楚。这四人继续吟诗作对，互相称赞，他们作的诗，即便是阮籍（西晋文学家）的《咏怀》都不能与之相比。

待到天将破晓，这几个人才散了。元无有去找他们，只见那堂屋之中并没有人，只有四个物件，分别是洗衣用的旧杵、照明用的灯台、打水用的水桶、做菜用的破铛，元无有恍然大悟，原来那四人就是这四个物件所变化的，他们所作的诗也暗中表露了他们的身份。

周静帝

皮装精的恶作剧

　　北周静帝宇文阐即位初期，居延部落的主人名叫勃都骨低。勃都骨低这个人性情高傲残暴，为人奢侈放纵，居住的地方特别华丽。

　　一天，有十来个人来到勃都骨低的门前，其中一人递了名帖请求拜见，帖子上写着这人的身份，原来是省名部落的主人成多受。勃都骨低接见了这些人，问道："省名部落是什么部落，我怎么从没听说过？"

　　成多受回答道："我们这十几个人虽然并不一样，各自都有特异之处，但是我们都不另起名字。我们这些人中，有姓马的、姓皮的、姓鹿的、姓獐的、姓卫的、姓斑的，但是我们的名字都叫作受。只有我这个当领导的，叫作多受。所以，我们部落叫作省名部落。"

　　勃都骨低又问道："我看你们的样子，像是伶人，不知道你们有什么看家本领可以给我看看？"

　　成多受回道："我们这些人擅长杂技，舞碟弄碗不在话下，但我们都不喜欢粗俗的东西，喜欢谈论书中的道理。"勃都骨低很高兴，说道，"我从没见过你们这样的人。"

　　一个伶人趁机上前说道："我们现在腹中饥饿，肚子咕噜咕噜地响，衣服都可以绕身体三圈了。如果我们在这种饥饿状态下表演的话，恐怕达不到理想的效果。"勃都骨低听后很惊讶，命令下属增加食物的分量。这时，一个伶人说："我给您表演一个大小相称，终始相生。"

说完后，这些伶人中的高个子就吞掉了小个子，胖子吞掉了瘦子，最后高个子和胖子互相吞并，又变成了一个人。

这个合并而成的人说道："刚才表演的是大小相成，现在我再给您表演一个终始相生。"于是，这人张口吐出了一个人，吐出的这人张口又吐出一人，如此循环往复，这十几个伶人全都回归。勃都骨低非常震惊，重赏了这些伶人。

第二天，这些伶人再次来到勃都骨低的家中，重复表演了一遍这个戏法。一连半个月，省名部落的人日日都来，为勃都骨低表演相同的戏法。勃都骨低感到厌烦，不再为这些人准备食物。

没想到这些伶人愤怒地说道："你难道以为我们表演的是幻术吗？不相信我们的话可以把你的妻子女儿带过来试试。"

于是，这些伶人将勃都骨低的儿女、弟妹、外甥侄子以及一众妻妾都吞入腹中，只听这伶人腹中传来一阵求救之声。勃都骨低惊骇恐惧，走到台阶之下对这些人磕头，请求伶人放了自己的一众亲人。见到勃都骨低态度卑微，这些伶人笑道："放心吧，他们不会有事的。"于是将勃都骨低的亲人一一吐了出来，这些亲属果然完好如初。

被伶人们这样对待，勃都骨低内心非常愤怒，想找机会杀了这些伶人。勃都骨低派人悄悄跟踪调查这些伶人，果真让他发现了蹊跷，他的下属发现这些伶人走到一座宅院的宅基处，就会神秘消失。知道这个消息后，勃都骨低派人挖掘这处宅基，挖了数尺深后，发现下面铺着一层瓦砾，在这层瓦砾的下方有一个大木笼，笼中放置着数十个皮袋。在木笼的旁边有一些谷物，用手一碰就化成了炭灰，可见已经埋在这里很久了。木笼中还有一些木简，木简上的文字已经被消磨得几乎看不到了，只能隐隐约约看到有几个字是"陵"字。

勃都骨低此时已经知道，这些伶人都是木笼中的布袋所化，准备点火将他们全部烧死。这些布袋在木笼中哭号恳求，说道："我们命运不好，本来早该消失了，是当初都尉李少卿在这里留了一些水银，所以我们才能暂时存活。我们本是李少卿的粮食袋子，后来房屋倒塌将我们压在此处，经过了漫长的岁月，得以生出灵智，被居延的山神收为伶人。请求您看在山神的面子上，放我们一马，我们从此以后再也不敢打扰您了。"

勃都骨低不为所动，命人搬走了此处的水银，又放火将这些

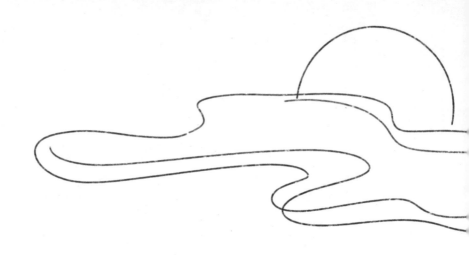

布袋全部焚烧。这些布袋血流满地，哭得十分冤痛。将布袋焚烧后，勃都骨低自家房屋、回廊、窗户竟然也发出了痛哭的声音，声音与布袋被焚烧的声音类似，这声音过了一个多月都还能听到。也就是在这一年，勃都骨低全家接连去世，一年之后，他的家也为之一空，他从宅基搬运回来的水银也消失了。

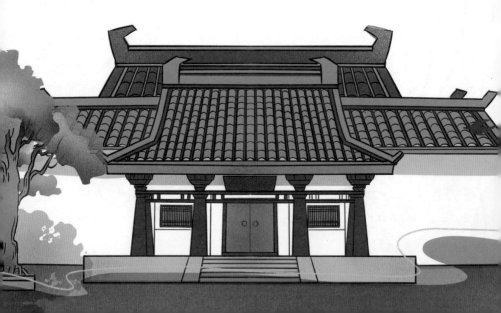

协律韦生

勇敢韦生，不怕妖鬼

　　太常寺的协律（乐官）韦生，他有一个十分凶猛的哥哥，自称没有任何事情可以让他感到害怕。为了证明自己的胆气，但凡哪里有凶宅，韦生的哥哥都要一个人去那里住宿。

　　韦生把哥哥的事情说给了自己的同僚听，其中一个同僚就想试探一下韦生哥哥。正巧这位同僚听说延康东北角有一座宅子，时常有怪物出现，于是就将韦生哥哥送到了这处宅子，还给他准备了酒肉。天黑之后，服侍的人都离开了，只剩下韦生哥哥一个人在池子西边的亭中过夜。

　　因为饮了酒，韦生哥哥身体发热，就将上衣脱下，裸着上身睡下。夜半时分，一个小男孩出现，小男孩大约一尺来高，皮肤黝黑，身短腿长。小男孩从池中缓缓走出，走上台阶，站在韦生哥哥面前。

　　小男孩说道："这个躺着的怪物，是来看我的吗？"

　　说完就围着床走了起来。过了一会儿，韦生哥哥翻身仰卧，感觉到小男孩上了他的床铺，韦生哥哥也不动。接着，他感觉到一双小脚爬到了他的脚上，这双小脚如冰和铁一般寒冷，凉到心底。小男孩缓缓移动，韦生哥哥依旧不动。直到小男孩渐渐爬到上方，到了肚子的位置，他迅速地用手一抓，睁眼一看，只见抓到的是一尊古代的铁鼎，不过这铁鼎缺了一只脚。

于是韦生哥哥用衣带捆了铁鼎，将它系在床脚。第二天早上，众人过来打探，韦生哥哥将夜间的事情详细地说了。说完后，又用铁杵狠狠地砸向铁鼎，铁鼎上竟出现了血的颜色。

从此以后，众人都相信韦生哥哥确实凶猛，有捉拿妖异的本事。